裸袒的灵魂

野松\著

黄河出版传媒集团
宁夏人民出版社

图书在版编目（CIP）数据

裸袒的灵魂 / 野松著 . —银川：宁夏人民出版社，
2018. 1

ISBN 978 - 7 - 227 - 06836 - 5

Ⅰ. ①裸… Ⅱ. ①野… Ⅲ. ①诗集—中国—当代
Ⅳ. ①I227

中国版本图书馆 CIP 数据核字（2018）第 001396 号

裸袒的灵魂　　野 松　著

责任编辑　杨敏媛
责任校对　白　雪
封面设计　桑楚森
责任印制　肖　艳

黄河出版传媒集团
宁夏人民出版社　出版发行

出 版 人　王杨宝
地　　址　宁夏银川市北京东路 139 号出版大厦（750001）
网　　址　http：//www. nxpph. com　http：//www. yrpubm. com
网上书店　http：//shop126547358. taobao. com　http：//www. hh-book. com
电子信箱　nxrmcbs@126. com　renminshe@yrpubm. com
邮购电话　0951 - 5019391　5052104
经　　销　全国新华书店
印刷装订　四川金邦印务有限公司
印刷委托书号　（宁）0008146

开本　880mm × 1230mm　1/ 32
印张　8. 5　字数　150 千字
版次　2018 年 3 月第 1 版
印次　2018 年 3 月第 1 次印刷
书号　ISBN 978 - 7 - 227 - 06836 - 5
定价　53. 00 元

写诗在他是一种自我救赎

——读野松诗集《裸袒的灵魂》（序）

朱子庆

新诗或曰现代诗遭遇读者信任危机，这一现象不是现在才有。问题的吊诡在于，近年来人们对新诗的质疑异常汹涌，它发生于新诗歌创作空前繁荣之际，而且质疑之声直指："诗歌的标准何在？"言下之意，现在的新诗创作已完全失范，全乱套了！此时在物质商品生产的彼岸，却行行业业都在颁布标准，而且每一次的产品出问题（譬如三鹿奶粉事件），都会引发对既有标准的修正。野松邀我为他的新诗集《裸袒的灵魂》作序，这颇令我沉吟再三；我之所以再三沉吟，仍是源于诗歌标准问题的困扰。

诗歌书写固不必且应该坚决拒绝标准化——标准化乃是诗歌的敌人，但是，问题马上就随之而来，如果你谈论诗歌而心里没个"准谱"，那么，要么落个游谈无据，要么你就尊口难开。"道可道，非常道"，举凡可道的诗歌标准，总难脱人为、主观因而片面的指责，而且别指望会"天龙闻而下之"（《叶公好龙》），给出一个客观的现身和证明。这么讲无非是说，诗歌标准讨论此路不通。但面对诗坛的失范乱局，我们是否就束手无策呢？其实，“可道”者非常，而“常道”恒在，相比于对诗歌标准的热闹探讨，我们对“诗道”的关怀似乎太不够了——甚至根本没提到议事日程上来！而“诗道”关怀之所在，显然更深刻、更本质。正所谓“得道多助，失道寡助”，任何一个诗歌标准或一种诗歌主张，其被人们承认多少、接受几何，根本原因还在这里。但毕竟“诗道”之深无远弗界，本文宕出一笔，不过意在提起关注。至于下面谈野松的诗歌，不敢坐而论道，权充一得之见吧。

诗人野松算得上是我的一个老朋友了。由于曾为其诗集《歌唱和自白》作序，对他早期的诗歌创作，我有过一种“地毯式轰炸”的阅读。观笔名而知志，野松跻身官场（“以鱼的姿态，潜入不深也不浅的水中”），却心期于自在，比德于青松。既曰“野”矣，何必青松？可见其情致趣味，是古典的、不那么现代的。却也并不落伍，不但曾在互联网上纵横捭阖，十分活跃，其手机写作也兴头甚高，时常于兰台走马、官会高蹈之余，既托物而言志，亦缘情而绮靡。那么，在怪力乱神网名充斥之地，“野松”二字表达的“坚执”和诗歌书写的“赋性”，就给定其人其诗一种独异的存在。而在我看来，诗歌书写在他，与其说是一种雕镂创作，不如说是一种自我救赎。

一向以志士仁人自期自诩，这样的诗人在诗坛已近乎古董，在官场恐怕更是“骨灰”了。然而在野松的作品里，最初却正是这一点吸引我的眼球。中国的文学传统历来最重“气”，言志之作历来以“气”胜，野松早期的诗歌有这种“气”；他又性喜游历，每登临名胜古迹必赋诗，写到佳处也不无“气象”，这多少就潜接古典意趣，就颇对了我的胃口。我们知道，今日新诗个性恣纵、疏影横斜，自有诗人的“个体”自在，全然不理睬什么“修齐治平”。而在我，于花朝月夕的阅读中，悠然心会的作品，大多还是那些“有为”之作——原因无他，人生本来荒寂、一地鸡毛，慎终追远的心性，使我们每每择善而从——诗歌大可“以美储善”也（李泽厚语）。于是，我颇肯定野松的创作；同时也发现，在他那个时期的写作中，已潜含了某些厌烦、揭露和批判的意绪。

然而，即便在前些年创作的“壮游”之作中，也存在过纵主观、情景拼贴的问题——不止是王国维所谓“以我观物，故物物皆着我之色彩”；趋于主观孤峭，终归有欠浑成；在书写形态上，则难脱旧式“遣怀”的窠臼。而我一向珍视的“气”，也有些馁而散了！说到“遣怀”，我们似乎陷于这样一种悖论，即一方面，现代诗由于其形式或语言的不支，在“遣怀”一路殊少承载和包容力，所以诗路（亦即题材面）过窄；而另一方面，那种类似宋词“上下片”（写景抒情）的偷懒的“遣怀”，又使其书写殊少意兴、单调无味——因为，毫无疑问，浑融于主体抒情的书写，乃是新诗的根本特征。为此，我一直期待野松：既稍敛其主观，亦放纵而超越，总之要“蜕变”，来一个抒情方式的现代“蜕变”。

这样，当我读到他的新诗集《裸袒的灵魂》，其抒情方式的“蜕变”和现实内容之“深化”，令我感到眼前为之一亮。读着这些作品，我感到其中有按捺不住的“慨乎之言”，有不甘沉沦的内在冲动，而由于部分直击题材不无敏感，远远不是“现实主义”写照所宜，所以便借意象、象征与主体的浑融关照，使其“反虚入浑”、别臻高致，反而使他的作品获得一种熨帖而内在的抒情品质。对下列两句诗的蕴藉通脱，我就印象殊深：

不说命运，不说沧桑
燃烧的火焰在大海之上

而《世界已经苍老》，则书写了一种大悲凉，令人不免联想起当年闻一多的《死水》——这种联想令人暗自吃惊：

目光所及都是废墟。
尽管时间像绿叶依然滴水。
田园确实荒芜了。
红裙子的蝴蝶在坟墓之上翩飞。
世界因这些沉重而拥挤的头颅苍老。

“红裙子的蝴蝶在坟墓之上翩飞”，这是当今时代精神的象征？

几年前，在某作协召开的关于网络文学研讨会下，一个来自深圳的诗人告诉我，他的一位诗友，自边地一个县长的短暂任上归来，却再也写不出那种“白”诗歌，我听了不禁黯然神伤。那位诗友也是我的一位朋友！那是一位赋性狷介、清洁的诗人。官、商两道对诗歌的伤害，正是通过对诗人的伤害，而无日不在发生着。是啊，“田园将芜胡不归”（陶渊明句）？然而，“君问归期未有期”（李商隐句）！“归来池院‘非’依旧”（改白居易句）！《世界已经苍老》呈露的正是一幅时代精神荒原图。此类表现诗人对现实忧思的诗作，诸如《孤独》《在这样的季节》《春天了，叶仍落满地》，均有深意存焉。

从不做“口语诗”的“物观”絮语，野松是偏于主观

（“说”）和抒情的。而当他一旦对“说”（主观直陈）有所警觉，取径于敛藏，着意将意象、象征由修辞性运用，转而为一种整体性“境象幻构”，一切就焕然而为“表现”了：

我已倦。已怠。那修篁最终不属于诗人。
我前生面壁几十载，今生依然不清不醒。
我竟欲渡河！

伤是自己的。去吧！
天空无风无雪。空！空！空！
但生命最后的诗句还是要写的。

结束就是飞翔！
飞翔就是渡河！

——《飞翔就是渡河》

此诗如就其内容而言，似乎是前诗的逻辑延续。它从“我已倦。已怠”入手，其底子是高度主观抒情的。但仔细体会，你却感到它并不空泛，诗人虽说不事写实描摹，诗中却宛然有画意、有事境，诸如“修篁”“渡河”“天空无风无雪”乃至“飞翔”，这些散碎的意象、事态或曰经验碎片，通通有着可整饬于特定时空之树的整一关联性。试想一下陈子昂的名作《登幽州台歌》和许多古典作品，那种整一于客观的“意境”呈现，相形之下，此诗结体趣味之现代，我以为是显而易见的。而其可贵之处却在于：寓于主观的客在（经验）散点直观。它使我们阅读的诗思，于体认之际，有可能迁延和归宿于理念深处。

这在野松，当然是化蝶一般的“蜕变”，是其抒情方式的一个小小飞跃。

以下的发挥或许关乎“诗道”，即诗歌鉴赏的经验告诉我们：拘泥于现实整一的书写是愚笨的，而一味玄空高蹈也与诗疏离，“允厥执中”的诗歌书写，似乎始终是让诗句处在主客逆反的滑动之中，亦即当其以客观呈现时，它内在地在向主体方向滑动；而当其以主观出现时，却又内在地向客体方向滑动。这一“诗道”图式，令人想起《易经》的“阴阳鱼”图——那式微而渐巨的阴阳潜转。这种主客体的对象化潜变、“转贷”，是诗之为诗的“诗道”所寄？是诗歌形象思维的“诗艺”核心？野松近作抒情方式的“蜕变”，庶几近之。

在野松的“裸袒的灵魂”系列诗作中，无论像《潜水》《大海深处依然是大海》的整一取景，还是《一棵雨中开花的树》《我一直在无边的空寂中抵抗》《生命是孤寂的》的立足抒情，都具有这种逆向潜转的特征，从而富于感性直观和象征意蕴。例如《大海的深处依然是大海》，作品中的“哦，你说”的抒情视角，既有别于“我”（第一人称）的主观抒发，也和他者眼光的“物观”不同，这是一种主客互逆的视角妙转，本质上它是将“我”化入“对象”，通过一种对象化直观，“以盐的无形”把主体“转贷”出去。它不同于古诗的客观整一（意境），而是结体于主观整一的，然而其中有象（意象、事象）——经验的散点直观的语象，那种可以联点拟境（物境、事境）的语象。正是这些语象，草蛇灰线地凝结着诗人的经验积淀，给了读者归返自身的“转贷”可能——而在经验积淀的深处，人与人“理念”潜同因而潜通。无所附丽的抒情容易沦于“说”（议论），同样，无所附丽的“物观”，容易流于泛实——空泛无寄的琐屑现实。情无孤悬，而合于“诗道”的表现，恰恰是于物表（主、客观）之下别有积淀。

《飞翔就是渡河》是一首令人读后为之感到不安的诗。该作隐然传达出作者的现实幻灭感，对诗意地栖居的可能（以“修篁”象征）的幻灭；而“生命最后的诗句还是要写的”，其执着的主体诉求，俨然把诗歌“升级”为终极目的、“以美储善”的宗教——给了李泽厚主义一个实证。此所以我说野松的诗歌书写，与其说是创作不如说是自我救赎。如果说《渡河》一诗在宣说寻求解脱（“飞翔”），那么《这绝不是我道路的尽头》，表达的依然是渴望自由的诉求：

高过我心中那片高地的
河流，此时，也正从我的体内
奔入这茫茫的大海

这是其倾心和价值认同的直观表达，那汇入“大海，这自由的元素”（普希金诗）的，被他在心头高举的“河流”，无疑正是不羁的自由！这是一首更蕴藉、更积极，堪与前诗媲美的佳作。那么，是什么在消磨着诗人的意志，他挣扎于其中与之抗争的又是什么？循此我们即走入其现实关怀的沉重深处。《潜水》是野松对自身处境的隐喻：“缺氧的水在浸润我的同时/给我一种压迫，一种强行的压迫/……我不是一条得水的鱼儿”。价值游离产生的心理厌烦，导引诗人的诗笔向外、向下，由此揭露和批判现实之作，开始一一浮现……

限于篇幅，本文仅就抒情方式的“蜕变”及主体特征，对野松近作略陈管见。在我看来，今日中国诗坛的众声喧哗、浮尘无序，正反映了时代精神的迷漠无据。而欲深化有关诗歌标准的讨论，首先必须对这一精神现状有所洞悉。如果脱离之，欲求一个“约略近之”也难。

新诗得天独“薄”。自其诞生的那一天起，它被“救亡”压倒、被“革命”压倒，继而被“市场经济”压倒；它遭逢乡土中国千年未遇之社会大变局，“天人合一”的文化道统既已崩解，工业文明下的人的“异化”又相继而来，而理念单一、“主义”拉锯，更使不断幻灭的乌合之众主体，殊乏价值、形式和经验的“积淀”与生成。凡此种种都提示我们：有对积弱的新诗道统做一“体检”的必要。

野松近期诗歌的艺术“蜕变”，在我看来，恰在于内容上返还经验“积淀”，在“诗道”上趋于主客体契合，而在对现代人精神状况的呈现上，则表现出真挚而热切的价值诉求。因之可视为一种成长和进步。这种成长和进步，是否隐微例证着当代诗歌的某种成长与进步？诗事一局棋，举凡盘面存在（无数个别），都自有彼此缠络的整一关联性。据此，打量一下野松近作——解剖一个麻雀，或可于我们致力构拟诗歌共识，不无裨益和意义。

权且为序。

2017.9.28　改定于北京宋庄

目　录

第二辑　大地行吟

第三辑 请葬我于你的心谷

第一辑

裸袒的灵魂

生命是孤寂的

生命是孤寂的，像沙漠中的一棵红柳
以孤寂对抗孤寂，以孤寂消遣孤寂
白天仰望寥廓苍天成了唯一的姿势
黑夜里静听血管里的鹰鸣马嘶

总是这样：欲言又止，欲去仍回
你的背影，还有记忆里你的转身
都已被岁月的风沙吹到诗歌不能到达的尽头
红色的火焰则在戈壁上灼伤我的眼睛和内心
我还能这样说吗，还能这样说吗
只有你像月亮一样临照我的怀想，和伤感

其实，我早已成了古楼兰唯一残存的土墙
承载着死亡的重量，而那些目光是多么轻浅
看不到情感的遗址在心之核，在不能砸开的心之核
他们没有长河落日般的梦境

我一直在时间广场的边缘游走

在绝望的高处寻觅灵魂的故土

承受着不能承受的酷刑，而倍感慰藉

2009. 8.

杂思，无题的抒情

为了儒雅大度的显露
乃将忧戚之心怀掩埋于
厚厚的笑容泥土之下
见人遇事总是意味深长的哈哈

痛苦的呻吟化作美的歌唱
一展哑喉沉重的灵魂飘荡
额上的皱纹乃一条条血路
无数蹄印证实生之艰难与荣辱

高树多悲风，海水扬其波
梵音缠绕菩提树上的藤萝
洞穿浮云的晨光，时间的使者
万物皆为匆匆过客

有了楚河就有了汉界
不见烽烟的战争最为惨烈
失败者并非如流水般软弱

胜利者却有黯然神伤的失落

怎样才能水乳交融
秋天的大地满是落红
黑暗的地狱，光明的天堂
其实都是灵魂安栖的地方

我从不怀疑历史有光明的源头
辽阔的海洋可让一切消失和腐朽
风浪之上谁展开一张浩大的白纸
像醉酒的狂徒泼墨淋漓

和光同尘，锐气被锋利的目光削去
生命消磨了大半才说经得起风雨
这样的经典啊糊涂乃扑不灭的真理?
血色的黎明爱恋飞扬的旗帜!

影子是可怖的魔鬼和陷阱
忽大忽小忽松忽紧的套绳
不同位置的灯盏不同方向的照射
挺得最正最直的身子也会影斜

悲悯的心灵，疼痛的伤口
黑暗为何能于瞬间代替了白昼
纵使燃一火把于众人之间
没有诚挚的祝愿怎会感觉温暖

茫茫戈壁之上的海市蜃楼
让绝望的人重新坚定地向前行走
坦然的孤独，虔诚的膜拜
并非只为了天边那片灿烂的霞彩

血流汹涌，高贵的一滴英雄泪
艰难抵抗世俗风尘对纯洁之花的摧毁
纵然十分倦怠，铮铮之骨
也应像枯了千年也不倒的胡杨树

了无生气的节日，媚俗的细软腰肢
高远的目光寻找不出一点温馨诗意
宁静沉寂的大地，平缓无波的河流
最渴望暴风雨的来临，雷电的怒吼

在今天，我们该用什么
来拯救自己于命运的漩涡
佛门不净，所谓的指点迷津
都是金钱门面下的危坐正襟

没有欲望和情感的肉体，乃躯壳
没有了美善，就辨不出丑恶
迷茫的心尽管是那么迷茫
只要执着地寻找，就有希望的曙光

为什么要消除不同意义的东西
无风无雪门窗为何仍需关闭
如此皎洁的月华披洒在我们身上
为何会误以为那是白露寒霜

荒芜的沼泽飞过一群群乌鸦
偏远的山谷盛开一朵朵鲜花
其实这都是正常的自然生态
为何我们偏要说兆头的好与坏

时间可以主宰一切，而爱情
是妙药灵丹，让大哀者之心死而复生
大地的精血，钟情于无畏无惧的开拓
越挫越勇在坚持中生活和求索

是沙子必沉入波涛之底
无法抗拒的命运，合理的哲思
如棋局局新的世事均为尘埃粉末
于无形的莲花之上轻然飘落

还需要祈祷吗在黄昏来临之前
还需要浪迹吗心船泊到了港湾
斜风细雨吹湿了多少困惑
跌跌撞撞中有多少曲折坎坷

秋天的枫叶落在诗人的心上

春天的绿芽在时间的枝头摇晃
谁说诗人经常神经质地痴呆
他有大地一样充满爱的情怀

我常常把双脚放进江水里
试图阻挡岁月无情的流逝
逆水而行的轮船汽笛长鸣
唱和着我对美好的眷恋痴情

激动的瞬间燃起的火花灿烂
饮了甜美的情汤一生回甘
可是，至今我仍在梦中追寻
高洁的可让我升华的红颜知音

我高举的手曾想摘下一片云朵
把她的水分献给荒芜的沙漠
可是，我看到了飘在她眼里的忧郁
我唯有默默地将心愿倾泻为泪雨

不需要别人的理会，我诗意的远足
风雨中让灵魂自由地回归和放逐
像高山那样挺拔，昂扬生的意志
像泉水那样清洌，为爱奔流不息

没有痛苦的呐喊只是沮丧的呻吟
快乐的欢叫来自不愿消沉之心

山谷回音，回荡在我脚下的万丈深渊
回荡在我一生仰望的绝壁巉岩……

2004. 8

潜　水

作深深的呼吸之后，我以
鱼的姿态，潜入不深也不浅的水中
向下，再向下，双手扒划如鳍
目光透过潜水镜，在清澈或有点
浑浊的水中，感觉都像模糊的影子
我却在执着地寻觅
一种可让生命沉寂的意志
或可让意志通过潜藏而更加坚强的奥秘
缺氧的水在浸润我的同时
给我一种压迫，一种强行的压迫
迫令我不能长久翔游水底或者打坐屏息
急剧扇合的肺叶，不断膨胀的胸口……
让我知道，原来，我非一条得水的鱼儿
浮出水面，摘下墨色潜水镜，阳光如刺

2004. 8.

爬上最高的楼

爬上最高的楼，看脚下的城市
那些行走的蚂蚁，似乎全是
十分悠闲的样子，那些用沙、石
水泥、钢筋、铁枝筑成的笼子里
垂着许多曾梦想飞翔的羽翅
幸好，比火柴盒还小的那些阳台
在阴暗中摇晃着小小的绿意

爬上最高的楼，灰蒙蒙的天空
没有给我指点江山的书生意气
只有一种无援的思想
让我不知不觉地举起了双臂
只有嗖嗖的风，源源不断地
从遥远的古典而浪漫的地方吹来，
让我昏昏欲睡，醒来时，竟恍如隔世

2004. 9.

一棵雨中开花的树

一棵雨中开花的树，摇曳于
自己龟裂的心田，或梦中
在这南方的深秋，或初冬
像一个长发披肩满怀心事的少女
望着灰尘弥漫的天空，眼神忧郁
那些鸟儿呢？那些蝉鸣呢？
那些清清的流水呢？那些欢快
畅游的鱼儿呢？那些……呢？
一座座山冈矮了下去，脸色土黄
金色的稻浪已退回记忆的海洋
原来的田地多了一圈又一圈的围墙
围墙里面起伏着厂房和富人们的希望
我的梦想该在何处生长
一棵带雨的梨花树摇曳于干旱的季节

2004. 11.

我不可能给自己留条后路

我不可能给自己留条后路
也没办法给自己留条后路
身后的山岩已轰然崩塌
身后黑暗的波涛已淹没了一切

如果命运注定这样不可抗拒
我唯有继续把自己逼向绝境
如果前面是万丈深渊，而又必须
前行，那纵身一跳是必然的选择

这绝不是悲壮的坠落和毁灭
单薄的衣衫必被风鼓起
如鹰的翅膀，托着无哀无怨的灵魂
在无比阔大的空间，飞翔

那些异样的目光终于暗淡
惭愧让他们的眼皮慢慢垂下

2004. 11

我非我

我是我，但为何
有的时候，我不是我
究竟，我走的是什么路
唱的是什么歌

不惧怕将心灵剖白
却怕因没有听者而寂寞
在这持续干旱的年头
沉默并非只为了节约唾沫

晴天，如果鸟儿不能飞翔
雨天，如果尘埃不能沉落
那么，一切都将失去意义
尤其是，那些郑重的承诺

我不是我，多么可悲
但为何最终，我还是我

2004. 11.

我发现

我发现，这一海的水
都是从我身上流出的血
无数激情澎湃的巨浪
不甘平庸而猛烈搏动的心
广阔无边的湛蓝
我历经劫数而欲包容一切的理智
为了不再让峥嵘显露
我不得不以冷静去淹没
那些倔傲昂奋的礁岩
那些向上雄起的欲望
但是，我仍然悲伤不已
因灵魂受了功利的污染
曾给这海带来灾难性的赤潮
久久不退，久久不退

2004. 11.

拉开窗帘，让早上的阳光

拉开窗帘，让早上的阳光
照耀我的卧室，我的书房
让那些曾发霉的书籍
发黄的信札和梦想
都得到脉脉温情的沐浴
洗去阴暗，换上金黄透亮的衣裳

这是我渴望已久的日子
无风，无雨，无虚，无实
书桌上堆放的诗稿，我过去了的沉思
我不想去清理它们整理它们
任它们在无言中化成羽翅……

早上的阳光照着我卧室里的一杯绿茶
也照着我渐皱的额，渐白的发

2004. 12.

冬日，江边抒怀

风吹浪涌，喧哗于一种
宁静，冬阳洒一身温暖的
翎羽，于蓝蓝江面
苍茫之上，耀眼的光芒

溯江而上的舟楫
请载我对命运的叩问
直抵藏于深山林海的源头
奔流伊始，爱那么清纯

也许有许多浪漫故事
也许有许多凄怆悲剧
都化为水底游不动的岩石
或水面之上飘浮的云雾

我只是这弦琴上的一朵浪花
低唱生命的短暂，岁月的悠长

2004. 12.

饮路易十三

透明晶莹的暗红玉液
昂贵的路易十三
不用掏腰包，友人的宴会
让我有份儿喝了
平生第一次尝试
可以向人炫耀的滋味

酒后我走在街上
突然，一只脏兮兮的小手
向我伸来
我酡红的脸
霎时变白

2004. 12.

某种力的边缘，或界外，是安全的

某种力的边缘，或界外，是安全的
应该没有一条便路，通往
让灵魂不得安宁的地狱

然而，为什么要争着抢着拼命
往里挤呢，那里，磁场的中心
一颗颗削尖的脑袋，一枚枚紧贴的铁钉

无形的漩涡，强劲的暗流
卷动阴险的计谋，贪婪的欲念……
一切都倾斜折损了，只有

那些硬壳般的面具，不断
更改颜色，更改出现的方式
不同的声音不断从后面发出

可为什么，那些东西
最终又被抛离出去，远远的

2004. 12.

谎言，就像空气和水

谎言，就像空气和水
弥漫和流淌于我们周围
被我们呼吸和饮用

我们是制造谎言的机器
我们只能按照一种意志
或一种规律，以不同的方式
不断地运转，不断地游戏

我们被谎言欺骗和鼓动
我们也以谎言去讨好
那些比我们更大的骗子
去换取我们所需的一切

这些混含无数病毒的谎言
让我们这些人都得了不治之症
医治我们的良医迟迟不来

2004. 12.

冷空气南下

强冷空气南下
尽管没有纯净的雨雪到来
已让我们沉重的头颅抬起
已让我们的心肺少吸入些尘埃

吹走了许多不断强排的废气
吹走了许多遮天蔽日的灰霾
阴郁的玫瑰迎来生动的南飞雁
天空中的白云重现昔日的风采……

如果变幻无常已成为正常规律
无法回避的毁灭是一种热情款待
那么，那些地上的落红和残瓣
又该如何诉说爱失落后的悲哀……

气温再度回升之后，又渴盼重新下降
回归阴阳潜运，不让众多灵魂逸向天外

2004. 12.

瓦斯再次爆炸

瓦斯再次爆炸，黑暗中
又熄灭了多少生命的火焰
在这不十分寒冷的季节
阵阵阴风吹刮裂骨碎心的寒

产值和利润，两项闪耀的光环
蓝黑工作服里的血肉，落地的残瓣
劳作在没有阳光的地下岩层
矿灯照不出绽放欢乐的笑脸

没有逃生的机会，焦急的心
唤地呼天，而天，是那样的遥远
死者已矣，哀伤的泪成江成河
但没有漫过那些高高的门槛
以人为本，吹过耳边的风
谁听到运尸袋里灵魂的呐喊

2005. 2.

立春，南方浓雾

上热下冷的无声碰撞，一股暖湿气流
立春之日，寂然降下一匹灰白厚布。
遮天盖地，收敛阳光，黎明如夜。
一切亮丽颜容和风景都隐没或者消失。
一幢幢高楼，一座座暗礁。
最光亮的车灯也如一盏煤油灯，
穿不透没有距离的空间。轻踩的油门没有了
往昔的威力。在这天不高地不广的时日，
一切欲飞的翅膀只得垂下，只得垂下。
极其艰难地向前伸延的道路上，死神正悄悄地用手
去触摸活生生的头颅，制造血腥和悲痛。
渴盼阳光渴盼风的人们，别只无奈地叹息，
都来举心为旗吧，点燃起熊熊的大火，
焚烧掉这块罪恶无边的湿布。

2005. 2.

大风起了

大风起了
低垂的穹庐，黑色的帷幕
被猛然撕裂和掀开
翻滚的波涛从远方汹涌而来
呼啸之声，低沉与高昂的音符
自无数琴键上跃起
混合成一支浩荡大军
向着大地深处挺进

如秋风扫落叶
如春风拂过冰冻的心灵
尽管也卷起了
许多轻浮的纸屑和尘埃
让他们得意忘形一时
但已有许多眼睛从沉睡中醒来，睁开
如雪般明亮
炯炯之光如电
如一柄柄利剑

投向神秘的深处
暧昧的深处
黑暗的深处

大风起了
掀动古老岁月的陈迹和伤疤
以柔为刚，断然将那些
虚伪的大衣一件件剥下
让外强中干的魂魄颤抖和咳嗽
在惊惶中度日，不得不向
挺直的脊梁，浩然的正气
低下曾经不可一世的头颅

大风起了
所有的溪流与河川
都欢呼拍手，像激动的孩童
穿越山中厚厚的浓雾
奔向辽阔的洒满阳光的
旷野，或海边
放飞无线的风筝

大风起了
沉寂已久的心帆再度一一扬起
一只只鲲鹏的巨翅
正奋然托起沉重的天空

2005. 2.

白天突然隐遁

白天突然从大地上隐遁
占领阵地的并不是黑夜
在这迷蒙的时刻，我们
心慌，忧虑，尤其害怕
有鲜活的生命忽然远走
如一片绿叶悄然被一只
无形的罪恶之手，摘去……

沉闷激发良知的呐喊——
不！不能让我们心爱的土地
随便竖起一块冷硬的墓碑
如果阳光和风都被捆住了手脚
我们何不举心为灯，引领自己
从这污湿暧昧的世界
踏将出去……

2005. 2. .

火焰，在水之上

火焰，在水之上
燃烧和漫延
眼睛，在黑暗中
穿行和拓展

梦，破灭之后
又在夜的边缘诞生
飞翔的鹄鹰
为爱而涅槃的凤凰

平原之上，高山之上
森林之上，雪线之上
云雾之上，波涛之上
苍天之上……

俯向永生的智慧
擦亮所有的恍惚
所有的迷茫……

穿过时空镜子的祥光

水在火焰中流淌
幸福的羽翅，风中的云
悄然托起
我一直依恋的村庄

2005. 5.

一场软软的水，一把硬硬的刀

之一

一场软软的水，一把硬硬的刀
在冰雪刚去的春天
以比闪电还快的速度，迅疾
把 105 朵正在盛开的花从枝头劈下

黄浊的洪水来自山上，来自天空
灾难早已预兆于那些饭软酒香
在这最低的地方，已存放过许多
诺言，而危房，而教育，而孩子们的

生命，为什么未能装进他们的心坎
在灾难来临之前，那些电话机曾一直
响个不停，却没有一只抓起话筒的手
滚滚而来的死神没有了道义的阻挡

没有了花的树枝该向哪里呼号
没有了花的春天乌云惨淡……

之二

一场汹涌的大水，漫过所有不能
安睡的灵魂，但这已不是泪流不止的时刻
一切善后的安排，都无法抚慰春天
如果生命依然鲜嫩，如果笑声依然稚趣
这雨后的天空，定会彩虹高挂

一把硬硬的刀，锋利，寒光闪闪
开春不久的田地，庄稼还没有长成
而这些已生长了多年的花朵
为何会让你萌发残杀的恶念
是谁让你这样大胆，有机可乘？

我只是一名末流诗人，九品小吏
此时不会营造美丽的意象，唱出动听的高调
只会任心中的一丛烈火熊熊燃烧
只会在这南方的雨中，向北静立，默哀……

2005. 6.

大海的深处依然是大海

雨雾之中，谁凌波蹈浪而去
峰巅。谷底。上腾。下坠
呼叫尚未发出，眼睛已然睁开
游动的鱼群，千手舞动的珊瑚
礁岩的硬度，水的浸润。却以
一种光滑面对各种暗流。那些
无声的笑，被无影的火焰照亮
这绝不是混沌的世界，尽管
太阳的光辉无法透射进来。这里
没有血的花朵盛开，灰尘的飞扬
却有纯粹的爱，以盐的无形
抚吻曾被划伤的一道道裂痕
互相惦念的灵魂，贝壳内的珍珠
在水的拍打中感应痛苦和幸福
钢铁般的寂寞已无需叩问
无奈的沉默终耐不住一种转动
沉睡的桅杆已昂再度扬帆的欲望
一支交响曲，正在广阔的底部奏起……

哦，你说，上帝永远在上帝那儿
大海的深处，依然是大海

2005. 7.

这绝不是我道路的尽头

在这大海的岸边，前方
蔚蓝的深处不断有巨浪扑来
似乎要阻止我双腿继续迈开

此时，我已无暇顾及
那些零乱的纷争，就像风
无暇顾及曾经飞扬的尘埃

如果坚硬的物质十分沉重
我唯有用力推开，继续
让花朵在阳光下盛开

高过我心中那片高地的
河流，此时，也从我的体内
奔入这茫茫的大海

我知道，这绝不是我道路的尽头
尽管，我站在这岸边的悬崖

2005. 7.

这一潭清水

这一潭清水
你不可以潜游
越清的水，可能
含有最毒的元素

黑不可能是白
白可能是最黑
布满血丝的眼睛
最容易分辨

自以为是的智慧
最轻的云
它在水面上漂浮
在一些脚的下面
无声呼叫

高傲的枝条
劣质的花朵

热情
贴在墙上的瓷片
无波的倒影

这一潭清水
透明的清水
一些人纷纷潜入
一些人纷纷上岸

2005. 7.

你在我的面前

你在我的面前
我确实看不见

我只看见阳光和风雨
看见绿色的大地金黄的田野

我只看见坚硬的石头
石头粉碎后变成的尘埃

我只看见滔滔的流水
流水之上的蓝天

我只看见悬崖峭壁
悬崖峭壁下的深渊

我只看见英雄挥舞的长剑
剑尖的光芒和锐气

2005. 12

泡温泉

我不是富人，更非贵者
却暖在这软滑的泉水里

我的头颅也沉浸下去了
眼睛却习惯地睁开
看到一些油脂在上浮
一些病菌在游动

这些油脂是我的吗
我结实而不肥胖
这些病菌是我的吗
我的生活还没有糜烂

我饿了，的确饿了
温暖的泉水把我泡饿了
那些行乞的饿者
劳动着的饿者，正在寒风中

2005. 12

所有的黑暗都源自你的手掌

所有的黑暗都源自你的
手掌，你掌里弯曲着很长的路
让许多迷途的羔羊
绝境里寻不到一根草儿
而你轻轻一握所卷起的
漩涡，又让多少水手沉没
快得来不及呼叫一声

你一直行走在阳光下
从下往上射出，或平射的光
都被你身旁的茶色玻璃
反射回去，地上铺满了
弱势的叹息、愤怒和忧伤

只有从天上刮来的风暴
把你的手斩断

2005. 12.

我一直在无边的空寂中抵抗

我一直在无边的空寂中抵抗
像枝头的一片孤叶抵抗着
看不见但又实在的凛冽寒风
沉默中，用双手去触摸那面
旗帜，天边最后的微光
我已趋于平静，尽管一匹快马
飞奔的啼声溅起了青春的回响
残酷的虚无让我无意中
获取了岁月的温柔，桂花的芬芳
经受死亡考验的生命远离墓穴
黑夜中燃起的火焰映照灵魂的波浪
我开始描画矗立于晨曦中的石碑
赤红的熔岩蕴藏着滚滚暖流
我吟诵的不再是泣血的诗行

2005. 12.

微笑　一匹快马

叹息滴落在结冰的湖上
无声在寒风中
白茫茫一片　没有足迹
没有道路　你立在
那人的目光深处

时间向西斜去
黄昏的概念消失
静穆中，你以自己为火种
烧掉那些栏栅

黑夜不是黑夜
你听见星光的闪烁
这个季节就要结束了
微笑　一匹快马

2006. 1.

我的脑子一片空白

我的脑子一片空白
灰色的天空就在我的头顶
那些已死的细胞似在疾呼
往事如烟，并非昨日的梦

曾经快速运转的机轴
没有了润滑剂，而电仍通着
劳损的心脏蓄积太多的泪水
一块岩石已习惯了风雨的雕凿

断裂的峡谷没有了
飞瀑，曾经的虎啸猿啼
忧郁的心事被迷雾所湿

我的脑子一片空白
向死而生，还渴望什么奇迹

2006. 1.

风雨之后，天空突然断裂

风雨之后，天空突然断裂
一只大鸟从裂缝中飞升
泄漏的阳光扫过阴暗的角落
翅膀的影子晃动昨天的梦

所有回过来的头颅
并不都是为了回忆
时间，一头青丝变白发
谁怀念洞穿岩层的流水

褪尽铅华的面容
镜子背后的灵魂
一切向往都曾经青绿
潮涨潮落，滚滚红尘！

不说命运，不说沧桑
燃烧的火焰在大海之上

2006. 1.

用躯体为灯光筑坝

人往高处走
水往低处流
有时，人也如水

众多的水
流向一块早就
挖好的洼地

我只能訇然
倒下，用躯体
为灯光筑坝

2006. 1.

南方，倒春寒

一场雾过后　一阵雨过后
在开始嫩绿的南方骤然降下
温度很低的声音——
冬天并没有完全过去，你们仍需
头顶厚重灰暗的云层

冰手的刺，刮骨的刀
看不见的水汽在江河之上
在山冈田野之上，在城市楼宇之间
在所有的空间和不是空间的地方
横穿而过的目光可拧出水滴

此时却没有落叶，也同样没有
伸展的翅膀翔飞于枝头之上
红了的屏幕绿了，绿了又红
惊呼的声浪只涌动了瞬间

都想在自己的体内生一堆火

都想在梦的栅栏外寻找阳光
雨又来了，听说秦岭的雪困了许多车辆
这南方，这南方之南没有雪
我的车子也只能缓慢地前行

2006. 2.

大海，大海

大海，大海
大海的波浪涌个不停
大海的远处，不
整个大海其实很平静

面朝大海，春暖花开
蓝色的花，永不凋谢的花
硕大的花蕊，头上吹什么风
飘什么云，下什么雨，从不管它

大海，大海
大海的波浪涌个不停
平静的大海，蓝色的花
蓝色的花很柔情

2006. 4.

好像总在思索

好像总在思索
却不知思索些什么
沉重有时也轻似浮云
浮云注满水，天就低了

一片空白是因为塞得太多
那扇门死力打不开
门上的血由红变黑
裂了的头颅缝不了线
这个春天不是春天
夏天似是一个黑洞
一颗流星坠下
旷野，一张薄薄的纸

总想说些什么
嘴唇无法启动
目光所及，狐鼠交欢
快乐的呻吟，欲望的高峰

神仙了，神仙了
阳光躲得远远
风也卸下了翅膀
只有潮水在上涨

看得那么清
清了就更不清了
蛇舌喷射的汁液
向着澄明的眼睛
深渊早就为你准备好了
绝不会有一枝斜伸出的树杈
畏惧了吗？身后一群狼

好像总在思索
却不知总在思索些什么
满地的落叶
栅栏外，是栅栏
深渊下，是深渊

2006. 4.

潮起，潮落

潮起，潮落
滚滚而来，滚滚而去
雪白的，多么希望它永远雪白
美丽之内，究竟有多少我们看不清的存在
白天里有许多黑手
无形于高雅的殿堂

太高的，其实也是太低的
大声的嘶喊，在一片薄薄的叶子上面
那不是蝉，不是虎，不是狮
不足的底气让气流更大
来自天外的风暴
卷走了多少无骨的影子

如果能抓起金子般的沙粒
如果能捧起一片响亮的掌声
那羽翅便成黄金甲
玉米不要了，麦粒不要了，稻谷不要了

糜烂的夜晚诞生最美的梦
向温柔之乡走过去只需一步

蝙蝠是不需要眼睛的
乌鸦是不需要白身子的
黎明的口红应印向何处
光明的裙裾应旋向何处
木然的手握着木然的方向盘
前面的青山绿水，一张打开的报纸

穹庐盖四方，你的草原没有草
你的河流没有水，你的舷梯没有扶手
只有机器的轰鸣，脱水机把重变轻
洗水机把污秽洗去，把干净还给污秽
你看到一只球从一只脚送到另一只脚
那不是世界杯赛，却更加兴奋人的神经

塑料花是需要摆的
真正的鲜花惧怕杀伤力极强的紫外线
按时归来的与按时计工的
都没有幸福或哀伤的泪水
悠长的走廊来来去去的是沉默
是瘦长的或肥短的身影

每天总有火焰升起于惊叫声里
总有地下水淹没顺畅的呼吸

血色的不是玫瑰，是惊魂，是……
辩证法总是一个化险为夷的妙法
一样高举起暗红色的玉液
一样在镁光灯下盛放灿烂的笑容

诗歌的名义不再是兄弟
高耸的山峰，上升的雪线
冰川在退化，赤裸的山岩上
没有一株诗意的杉树，一朵圣洁的雪莲
寻觅的目光朝圣的身躯
依然伸展与匍匐前行

你的嘴唇消失了，牙齿漏风
气球升空，碰触云的变幻
你欲诉还休，静看梦的幻灭
倾斜的夕阳，燃烧的悲壮
弹奏风琴的手指被风琴弹奏
一支长笛以哑音感动寥廓苍天

南方的山冈遍植速生桉
泥土里的水分被过量吮吸和散发
泥土里的养分被过量吸收成造纸的原材料
有的袋子装满高级轿车、别墅、美女
有的袋子装满叹息、失望、惘然
盲艺人在街头不断调整二胡的25，25……

运营。盘活。时代的主题
左旋右转，明门，暗门，所有的门
都有口，所有的门都有锁
你的钥匙丢了，他却有一把万能的
能开启所有的秘密渠道。资源的最大利用
是独享。这荣耀只属于称霸一方的大王

大地的震动，留下一条深深的裂痕
此岸与彼岸，横亘一条阔阔的河流
人之初，性本善，人之后，性本何？
智者独善其身，智乃懦，乃混
只有伪医认真地为患者开具药方
只有假药试图减轻患者的痛苦

污水横流，流走多少英雄本色
秋天的满山红叶，枯死的脉络仍想伸展
藤蔓覆盖小路，红杜鹃在风中震抖
恍惚的眼睛追思昨天飞翔的苍鹰
因为厌倦了在剧院看戏，看各种道具
看各种幽灵的假戏真做，真戏假做

习惯了拉长音调，忽视了应有的休止符
时间的灰烬在黑夜中飘飞
渴望剑光亮起于沉寂的心灵旷野
与那孤独的烛光相辉相映
翻动书页的右手老茧仍厚

抚摸众生的命运如抚摸波涛起伏的水面

禅的境界是普度了众生才普度自己
还是先普度自己再普度众生
空门不空，色仍是色
在欲望的森林中穿梭，婊子与嫖客
都想为自己的德行树碑立传
道德的小贩最喜欢缺斤短两

一切都不可思议，无可奈何
情动之后便麻木了
愤怒发泄之后便坦然了
原谅与宽恕代替了惩罚
蝼蚁与蛇鼠主宰着伟大的工程
奇迹在不在场的空里诞生

2006. 6.

雾

乳白的水
不是从天而降
也不是从地而升

一种需要
把所有距离缩短或拉大
把所有清晰模糊

前方不知在何处
心灵之灯燃得太久
正逐渐熄灭

但是，地火
是笼罩不了的
我听到了啪啪的声响

2006. 6.

台阶之隙，生长着一棵小树

漫溯的是无声的脚步之潮
倾泻的是有声的脚步之浪
从种子抽芽就开始倾听
季节的变动，众多灵魂的呼吸
习惯了，习惯了，以弱小
和顽强的绿，感应烈日，风雨
霜雪，以及不断延展的荒漠

不去度连接天堂的阶梯有多长
不去数连接地狱的台阶有几许
平视是一种低调，低调也是一种昂扬
幼弱的腰杆抵抗罪恶的践踏
对面的寺塔已经没有了晨钟暮鼓
背靠的瘠山泉水渐枯，只有飞鸟的影子
轻然滑过灰蒙蒙的天空

2006. 11.

我在仰望中寻找

高耸的青山
雪白的瀑布
我在仰望中寻找

这时，忽然记起昨夜
母亲对我的叮咛——
儿啊，别忘了你的出生

2006. 12.

一只大鸟再次从雪域高原起飞

一只大鸟再次从雪域高原
从青海湖的蓝色波涛上起飞
向着日月山东面的古长安
掠过秋水长天，翅膀闪着青铜之光
从高冈到高冈，高举灵魂之灯
不灭的恒星，照亮寒冷的黑夜
金木水火土，再铸一座英雄的纪念碑
远方的回音阵阵，雪落满了深渊
你高远的鸣叫响自一根瘦瘦的紫竹
那不是苦渡，而是风暴之后的慈航
隐于深处的桃花岛，几番跋涉
高天之王泪眼中的家园，蓝色的雨
已浸满了一块沧桑的田地，你不再忧伤
涅槃之后，处处是天堂

2006. 12

我不知道应该说些什么

我不知道应该说些什么
其实我也无须说些什么
你们都随那一片乌云远去了
独留我一人立在这海边的悬崖

我的目光因无奈而有点呆滞
风吹过来，又吹过去
我看穿了，那只是一场骗局
菩提树下摆着点不燃的香

所有的祈祷都在雾里进行
偶像早被偶像自己打破了
但袈裟仍然闪着暗光
在欲望的床笫招摇飘荡

总想占据那个巅峰
但旗杆缺少了真正的英雄气
面对大海的波涛，众山的起伏

窄窄的沟壑已感到呼吸困难

如果口中念的与心中想的不一
那瞳仁里必然有爬行的毒蛇
心以己为大，哪里有晴朗的天空
是以非为准，水必以浑为清

其实，你们都清楚那云的乌黑
不是因为有水的凝集，太阳的远遁
那是轻浮尘埃不断的积聚
你们啊，为何要跟着远走

也许，没有了你们，我已孤独
但是，这孤独也是一种慰藉
我这自由而固执的坚守
虽不是为了鱼游深海，鹰击寥廓

2007. 1.

冬日偶得

一支树丫撑起灰蒙蒙的天空
鸟声远了，只有你的芬芳凌波而来
绿色的诗句在落叶满地的冬天萌芽

高挂的红灯笼被风吹来荡去
在时间的废墟上，我不再歌吟
只想把命运的黑夜抬至心灵的黎明

2007. 2.

给我的所爱

我离你越来越远了
亲爱的，我已被一条藤缠得紧紧
二十多年的苦恋啊
正当我对你开始充满信心
却突然被征召到大海的深处
在各种漩流中立身
在承受四面八方的冲击中
我只能，只能把爱
转移到那些不断上升的微尘

而太多的烦恼，太多的困闷
让我在行走中回首频频
你的靓丽娇柔，你的迷人幽香
一直占据着我的梦魂
在每一个不眠的深夜，我常常
将你打开，品赏你灵动的神韵

也许，我的风流倜傥，狂傲不羁

已经收敛，但不变的依然是
对你痴痴凝视的眼神
依然是，把你高举至我的头顶
让我抒情的嘴唇亲吻你洁白的衣裙
让你旋舞的光芒在黑夜中
烛照我此生难以言说的命运……

2007. 5.

天堂近了，又远了

每天燃烧得过亮，过长
体内的一盏灯
渐渐地弱了，像快要熄灭
天堂正向我挥手
我在孤寂中躺下
默默接受透明液体的无声注入
让它冲走生命河流中的
淤泥，石块和垃圾
在迷糊困顿中，我奔回童年的故乡
去寻找我远方的爱人
在每一次醒来的抬头中
都看到一朵洁白的莲花
我已不再像以往那样惊呼
只觉得，此时
启明星退了，天堂又远了

2007. 6.

我近来常常想到死亡

死亡。我近来常常想到死亡
黄叶之上，尘土已经不是尘土
我贴得太近了，花在水中漂浮
月在镜中朦胧，我看到了一种莫测的表情
在远处，在我伸手可及的远处

但那不是上帝的居所。不是的
在暴雨倾泻的黑夜
我聆听无边的寂静，大海的怒涛
一切都那么平静，包括
那正在向我走近的脚步

那是一片火海，无底的深渊
一棵没有果实的树
在悬崖边被风猛烈地吹着
大音始终稀声。雪落了

我不思不豫，张开双臂
迎了上去。天未明

2007.8

一叶飘来

80 公里时速，突然刺耳的急刹车声
一叶飘来，狠狠地秋了

河，还是原来的吗
蓝色的波涛，蓝了天空

鹰！无线的风筝
梦。另一个季节的雪，一直在下

2007. 8.

我仍以我的胸膛去贴近泥土

脚下是薄薄的冰，细细的钢丝
还有许多形象不一的陷阱
但我仍以我的胸膛去贴近泥土
去聆听大地的心音
去拆解一个个沾满尘埃和锈迹的绳结
让自己的目光延伸成道路

尽管常在风口浪尖
尽管常看着时间在夜里流走
疲惫的脊骨依然挺直
有苦口婆心的解说
也有拍案而起的怒斥
只为阳光能照到
每一个曾被遮挡的角落

面对那些微弱的身躯
我总是不自觉地低下头来
并伸出温热的手去牵握，去扶持

我知道，我与他们
都生自同一根藤，血一样的红

2007. 10.

时间难以疗治的内伤

时间难以疗治的内伤
请不要触摸
已没有黄金稻束的田地
北风毫无顾忌地向深处吹去
让你一直无法寻找到
那幽灵般的医生

霜降南方，雪落北方
红尘远遁也不见清清的流水
我拾级而上仍在深渊的底部
没有气喘吁吁，却听到
从身体内部发出的阵阵尖叫
——这，绝不是空寂的回音

2007. 11.

我此生沉醉不醒的梦

在灯红酒绿的波涛中
我没有笑容，只让寂寞的目光
夜色中穿过喧哗，去远方的水湄
寻觅我所思的那朵莲花

她正在静静开放
正在抚琴赋诗，正在轻摇羽扇
正在轻歌曼舞，正在朦胧的灯辉下
散发古典又现代的芬芳

那样含蓄，那样自然
高贵的气质来自高山上的雪
来自蓝色的天空，蓝色的海
智慧的眼睛顺着时间的藤儿
到达幸福和诗意的彼岸……

夜已深沉
寒风吹乱满城灯火

我驾着一辆黑色小车
从这座都市，奔回
我此生沉醉不醒的梦

2007. 11.

如果真的不能诗意地栖居

在存在中歌唱
喑哑的咽喉输出厌倦的气息
无止境的攀爬和仰望
实为生命的冒险，灵魂的自我束缚
无法让梦想脱离预设的轨道
也无法让梦想在梦想中
倾听大地急切的呼唤

远方的长袖，又如何能掠过天空
送来散发着夜来香的温存
让心灵在混沌中兴奋一会儿，兴奋一会儿
但在这寒冷的黑夜，水已无波无浪
只有内心的眼睛能看到那临水的草屋茅舍
静静地等待光芒，等待一种激情的燃烧

如果真的不能诗意地栖居
那就让我在红尘中隐遁吧

让我负荷一物，吸着地气低低飞翔
而不再在高处泣血歌吟

2007. 12.

我的魂儿，丢了

近来好像失落了一件东西
立在岸边，面对流水
立在悬崖，俯瞰深渊
我无法寻找到它的影子

梦中仰天长叹
秋水已去，冬风已临
我呆滞而专注的目光
在大地上一遍遍地巡回
我的双腿竟化作了雁的翅膀
凌山越水，越水凌山

但这海，多么茫茫
我至爱的美人鱼
究竟，你在哪一波，哪一浪
现在，水是这么冰冻寒彻
我只能忍住泪水
只能在僻处痛哭

2007. 12.

世界已经苍老

目光所及都是废墟。
尽管时间像绿叶依然滴水。
田园确实荒芜了。
红裙子的蝴蝶在坟墓之上翩飞。
世界因这些沉重而拥挤的头颅苍老。

2007. 12.

飞翔就是渡河

我已倦。已怠。那修篁最终不属于诗人。
我前生面壁几十载，今生依然不清不醒。
我竟欲渡河！

伤是自己的。去吧！
天空无风无雪。空！空！空！
但生命最后的诗句还是要写的。

结束就是飞翔！
飞翔就是渡河！

2007. 12.

我们的高原，我们的诗篇

一群乌鸦使劲
为一个披着伪善外衣的骗子聒噪
毒汁从一块块黑色的牛肝流出
罪恶的箭射向我们的高原，我们的诗篇
但我们的高原被鲜花簇拥着
被五星红旗的海洋呵护着
我们的诗篇被金晶姑娘们高举着，怀抱着
让天空更加蔚蓝纯净，回荡着
不倒长城的呐喊和歌声

我们的高原，我们共同的心灵阵地
涌自同一个源头，流动在共同脉管的
一股股热血，让我们的诗篇
在暴风雨中熊熊燃烧，飘成一朵
让整个地球抬头仰望的祥云

我们的高原，我们的诗篇
在 2008 的春天，以庄严的目光

俯瞰所有的暗流，污秽的沟壑
并以微笑拥抱微笑，以微笑接力微笑
以绿色的生机覆盖险恶的废墟
潜伏五千年的巨龙正腾空高蹈

看吧，这就是我们的高原
这就是我们的诗篇
这就是我们自豪和勇敢的亮剑
这就是亮剑之后所有良知的光芒
将黑暗逼退后迎来的黎明，满天灿烂的霞彩

2008. 4.

我并没有倒下，母亲

我并没有倒下，母亲
瞬间的碎裂，并没有让我坠入
永久苦痛的黑暗深渊
尽管大地的颤抖曾让我有过片刻的害怕
但我已经从废墟下走出
一身血迹，一身苦难的尘埃
重压下的沉默中我始终相信
我的家园依旧美好，绿色的火焰
在生命的波涛上，在浮云之上的蓝天

没有什么比真诚的呼唤更加亲切
我听到来自远方的脚步声正穿透时空
我看到一束束电光正洞穿死亡的疑团
漫长的等待，漫长的噩梦之旅
我一直在沉着应对和抵抗来自地狱的引诱
因为我选择的只能是天堂
然而，天堂的歌声缥缈遥远
但我仍看到了泪水的河流滔滔……

我并没有倒下，母亲
历史会铭记的那一刻，那一刻之后的沉寂
我在以另一种方式飞翔，栖息，和思考
脆弱与坚强同在，存在的力量
从心脏源源不断地产生，挤迫着虚无
那么多的花朵远离了太阳
童声合唱的旋律从一片片废墟下传出
我看到了母亲你在痛哭
倾斜的大地此刻十分苍老，更加沧桑你的容颜
母亲，你满含泪水的眼睛不分昼夜地搜寻
每一寸被碎石瓦砾掩埋的土地

没有什么比爱更加伟大无私
母亲，你坦露的奶头，是雪山倒垂开放的莲花
滴下洁净的乳汁轻洗一个个伤口
再把婴儿们的梦香甜，再把
你所有苦难的孩子们渡向温暖和希望的彼岸
你竖起了一面面旗帜，你创造着一个个奇迹
母亲，你让一只只手自觉地牵挽起来
那飘起的绿丝带一定是长江，是黄河
一块块心砖垒起的长城，一直逶迤向未来

我并没有倒下，母亲
你默哀三分钟，你半降三天国旗
无边的爱已让逝者安息，生者振作

尽管伤痛仍在继续，但我已经站起
站在从废墟上隆起的绿色高原
正为一场新生的盛典，高举圣火

2008. 5. 28

让我执汝之手吧

也许，这是不可能的
但是，这尊雕塑已经成型
留着你纤细的手纹

如果你想狠心将之摧毁
最好不要在风雨中
充满荆棘的险途一个人走了很久

这不是红尘的深渊
欲望之鱼无法在此繁衍
我一直在等待着真切的回音

横流的沧海中，谁默然流泪
一片又一片的云都过去了
这尊坚硬的雕塑依然没有影子

遥远并不是一种距离
夜色中两束光芒穿越群山

那涛声却在灯海里沉寂了

可是，有长衫独舞于旷野
只为一朵青莲
秋雨春风，又春风秋雨

叶落满了地，落满了一座坟冢
时间之外，燃烧着绿色的火焰
还有，无声的呢喃……

2008. 6.

有题，或者无题

让生命远离吧
如果获得的是碎裂
时光花园里已没有了幽魂
暗处尽是凋落的花瓣
那里正暴雨。光芒的声音飘向天涯了
那一只只鸽子，掠过天空的翅膀
折断在滔滔的洪水

死亡的信息撞击着声呐器
柔和的《梁祝》。哀伤的《梁祝》
飞快的车子播放的小提琴曲
黑色的蝴蝶在前面扑舞
变形的道路伸向何方
是我的梦，还是我的天堂

如果我已在高处，或仍在深渊
我已不再请求原谅或者宽恕
这里也正暴雨，晴天里的暴雨

主啊！你说，放开些吧
世上没有金字塔，但有废墟

2008. 7.

无须说出的秘密

游戏而已。

一只只面具都光芒着，且舞蹈。
银幕上倾泻着山泉水。
暗红色的琼浆玉液在夜幕下奔流。

微尘在僻处叹息。流泪。
岩石。最坚硬的物体。

2008. 9.

让我梦灭梦生的远方啊

……一片辽阔的沼泽地
秋天渐黄了记忆
高过天空的影子哪儿去了
绿草丛中飞起一只永生鸟

梦生梦灭的远方啊
竟让时间停步，而
那岸芷汀兰却朦胧于水
此刻，风吹起的不再是
波澜，甚至涟漪
晨曦下的大地飘浮着看不见的
一层层云雾，一层层云雾

但大海深处的潮汐
一直涌动在我的灵魂
让我梦灭梦生的远方啊！

2008.9.

黑　夜

黑夜弥漫，黑夜逍遥
黑夜在波涛上
黑夜让大地沉降，让灵魂上升
黑夜生长翅膀
黑夜的火焰燃烧着黑夜的欲望
黑夜让我的爱人在爱恋中倾诉
倾诉她的王子狂野不羁
总在黑夜提剑上路
总在黑夜里缠绵放歌
总在黑夜里呼唤着他的姐姐
这幸福啊！这甜蜜！
这黑夜的馈赠，让肉体远离死亡
温暖的酒液涤洗着孤独的泪水
已来到天堂的门外
母亲的孩子
在充实与虚空中成熟
又何须因尘埃而痛哭
静听时间的马蹄把梦带往更深处吧

我不需要黎明的到来
我愿在黑夜的辽阔中
看着一盏渔火在闪烁中熄灭

2008. 10.

一支箭镞。挽歌

一支箭镞啊一支箭镞啊一支箭镞
剧烈的心绞痛后我长久伏案
厚厚的一叠诗笺逐渐由鲜红而至暗红
而我终没有再抬起头后说
走了就让它走吧
只觉眼前的一切皆模糊
所幸，我不再是一名囚徒
所哀，我仍在自设的牢笼

大地倾斜之后地平线彻底消失
心灵的最后一缕夕光彻底消失

2008. 11.

无斯人

这空中的楼阁，水中的月亮。
永久的内伤常被撒上盐分极重的孤独。
面对将落的夕阳，倾诉总是欲言又止。
如此踯躅于空山之巅。无斯人。
我唯坠入万丈渊底，啸傲。
回音一遍遍撞击坚实的墓壁。

2008. 12.

等待一盏灯

一杯杯苦酒在寒夜里喝下
遥远的星河有灵魂的幻听。

一曲青藏高原后
雪莲次第开在曾失却的天堂。

尊严啊！因你而尽失的尊严
被流水浸泡得只剩下骨头。

无边的黑暗……
我等待一盏灯。

2008. 12.

一匹马，不歇嘶鸣

生也天行，死也物化
那就让我归于尘土吧
我的草原此时已成了大漠
飓风已卷走所有爱的遗迹
但为何有一匹马，于那彤云之上
不歇嘶鸣，不歇嘶鸣！

2008. 12.

梦是会死亡的

梦是会死亡的
当寂寞在黑暗的黑暗中慢慢变白
那片帆影已悄然飘过了好望角
遥远了的是我无法言说的云一样的希望
海浪啊！这蓝色火焰一直撕噬着我的心

2008. 12.

多想抽身离开

多想抽身离开，不再这样磨转下去
脊柱一直发出咔嚓咔嚓的响声
而天只蓝在那些云霭之外
多么希望大风起兮，吹走这满地的落叶
让寒冷之心温暖

2009. 1.

我不想再那样撕心裂肺

我不想再那样撕心裂肺
血已流尽的心寒冷中一直颤抖
风中大雾弥漫，我看不清自己的创伤

海水击拍悬崖啊！远去了的雁声
在那片高原的上空开成一朵莲花
——长袖轻舒的云！飘过了那座山
还是原来的那一朵么？还是原来的那一朵么？

让我打马而去吧
我要仆倒在那条路的尽头
生命的绝唱，将会在死亡的悲壮中响起
你会看到的，那灰烬中的绿色枝条

2009. 3.

挽　诗

我是夏天最后的虬枝
春风于我已失去了意义
我听到从树林之外传来的挽诗
纷纷的落叶，不绝的涛声
从此，那里不再有我的身影

2009. 5.

已经退得足够远了

壳内的珠粒已不再有海水的浸润
凝固的血块在时间之外
岸，不是用于回头

既然废墟已被掩埋
又何须在黑暗中挥笔涂抹
一切都消逝了么，我举起昨天的碑刻

五月，沉降的五月
我走上西部雪域高原
回望东方，蓝色的烙印空在海上

2009. 5.

咫尺天涯

天涯咫尺，咫尺天涯
每一次想起，天空就会
下一场很大很大的雨
万千的箭镞射落在最柔软的地方
你是否知道，我早已化蝶
一次又一次喋血断桥上的残雪

你是寻找不到我的
叶落了就再也回不了枝头
无论你交出什么，那碑刻会慢慢模糊
那红色的也会慢慢变紫变黑
你说，时间的魔手就像道家的拂尘
可我却在一天天听那晨钟暮鼓

红楼内的梦啊！
桃花不属于我，而莲花就属于我么
无莲，苦海我怎慈航……

2009. 6.

死亡。穷途

我每天都死亡一次
在午夜的深度睡眠
不断重复
立于悬崖的幻游

看不尽滚滚来的流水
听无边萧萧下的落木
无法退回童年的路上
你风一样的影子
多次与我擦肩而过

我在穷途痛哭

2009. 12.

就让我这样一直坐着

就让我这样一直坐着
看着你的流动，你的停滞，你的凝结
你的凝结，你的停滞，你的流动

闪耀的影子来自孤寂的月亮
白发铺在无边的积雪上
故事已经结束，故事正在开始

这是怎样的幕屏啊
寒风中，天国的阶梯
在一声声呼喊之后，缓缓垂下

2010. 1.

那冰河一直在我的梦中

北风再次猛烈吹来
春节后的南方在温暖中忽然转身
你的身影走得更远
而这是我希望的
我不想越过那道篱笆
尽管南方之南可能会温暖一些

我知道，雷电一定会来，暴雨一定会降
在这不那么适宜的季节
那火焰应尽快熄灭，而不要继续燃烧
这样，内心的山峰才会更高

只有保证灵魂的自由，才会有爱的欢愉
北漠的苍茫粗犷，江南的婉约温柔
都是我的向往和迷恋
时间传递给我的不是流水的声音
苍鹰的翅膀始终高过风筝

我喜欢寂寥之外的从容
请不要向我伸出你的手
无论东南西北风，还是春夏秋冬
我的马头始终向北
那冰河一直在我的梦中

2010. 3.

我一直站在没有车马往来的十字路口

骨与肉，肉与血，脉与络
相连与否，相通与否
都与裂痕无关，勿言苦痛

大江在你的心里，大河在我的梦中
雨在天上，在云之上的天空

我不愿言此虚，你不愿说彼空
那长桥迷雾中伸不到你的脚下
万千波涛寂寞地汹涌

我一直站在没有车马往来的十字路口
听远山的暮鼓晨钟

2010. 4.

我看见死亡的面孔多么仁慈

我看见死亡的面孔多么仁慈
他一直在高处俯视我的痛苦

我读到了一种爱，一种召唤
迷离的目光舍弃生命的逃兵

风暴一次次在我灵魂的低处
回旋，绿草却正爬向坟头！

还有什么值得放声歌唱
如果你仍要我留恋这尘世俗界

穿越肉体的光芒下沉水面
逝者如斯！我的血液开始凝聚！

2010. 6.

我看到许多尘埃在风中跑动

一场回南天后风就起了
我看到许多尘埃在风中跑动
它们想在跑动中获得一些它们想要的东西
我浩叹这风的力量比海啸还大

在风中原地不动的我已感觉到
脚下的岸堤或悬崖开始崩塌了
一种腐烂的气息正迫近绿叶
昨天所有的誓言都只是一些文字
那些尘埃已渐成巨石
我想辩护的欲望也逐渐消退了

风中，我感到彻骨的寒冷

2011. 3.

距离美已经消失了

距离美已经消失了。挂在
远方枝头的花朵已被岁月的风沙吹落
我被迫涉水而去的背影啊
已在伤心的彼岸，定格

渐轻的生命不能让灵魂失重
我不再去你的殿堂，只眷恋我的茅舍
啊！桃花又将开放在我的诗句
我将策马过江南，在漠北放歌

那里有我的雪山，有我前世
种植的雪莲，可医治我的沉疴
不要问归期，也不要问归路
我将在那高天彤云之上长卧

2011. 3.

如果这不是一扇地狱之门

如果这不是一扇地狱之门
请允许我继续对它猛烈撞击

你的决绝曾让我坠入无底的深渊
玫瑰消失后的险途满是荆棘

但你的所在永是我向往的彼岸
花非花，梦中只涌起无声的潮汐

天堂路远，桃花不再夭夭
不可企及的神却让我架起了天梯

然而，那耀眼的光芒早已把我灼伤
我不慎丢失了一条很有重量的钥匙

从此，我一直在荒漠上孤寂地行走
岁月的风沙刮走了我灵魂的影子

可是，这一切，我又怎向你诉说
山楂树倒了，我也染上了恶疾

……如果这是一扇地狱之门
我虽已力竭，但仍对它猛烈撞击

2011. 4.

五月，南方之南起了北风

不是农历的五月，或接近农历五月的农历四月之中
四月之末。南方之南，忽刮了几天的北风
微凉的天气，不是春天，不是夏天，也不是秋天
风起不见云涌，云涌了雨也不下。大地渴了
大地布满了裂痕。裂痕延伸，裂痕纵横

四起的歌声只在心灵之外。四野寂静
众多寻求真相的眼睛有些茫然，有些孤独无奈
冷而不冷，不冷而冷。高速狂奔的火车依然
被铁轨穿过，被高架桥穿过，被隧道穿过
呼啸的岁月啊！呼啸的岁月慢不下来

该转动的不转了，生锈的轴心被弃置于
某个阴暗的角落。被庞大的尘埃包裹
被盛大的激情包裹，被虚假的真实包裹
吸纳了大量阳光的玻璃幕墙告诉我
没有了雨水，就让街道成为河流吧

那就可以站在时代的高处俯视现实的低处了么
稻苗枯萎了温饱，添加剂缩减了生命
金银之辉从大坝之顶倾泻，良知下沉
呵呵，惊涛拍岸，水天一色，梦之外的往昔
别墅之内，高坛之上，谁在高蹈忘形

而这北风从何处而来，又去往何处
当所有希望之船都被搁浅于干硬的河床
我们又如何去抓起命运的桡桨拼命划动
天空倾斜成湖泊之日众山已托不起朝阳
我只想对这五月的北风说：无须告诉我真相！

2011.5.

雨

一直想下，离开云层，到我的大地

那些遮天的尘埃浮动于真理真相的周围
爱的清泉断流了
污潮浊浪淹没了良知的窗口
干枯的生命干旱的灵魂，他们向天的渴望
燃烧着我的心

不敢说我要润泽苍生
我只想更多的叶子嫩绿在阳光下
风中，有纯真的眸子闪着幸福
所有的裂痕慢慢愈合
新鲜的空气中有柔和的旋律
飘过苦恼人的梦境

我一直想下。下，是我的理想
我的宗旨。大地，我钟情的怀抱

2011. 9.

一条绷紧的弦

一条绷紧的弦！
不断把雪花弹落到我的头上
对镜，惊起的岂止是秋色
青春已远去不再回头！
曾瘦削的肩膀却平厚了起来
左心房右心房都被巨石挤压着
血，流动的速度慢了
向上冲也受到了阻挡
而急响的铃声，午夜的惊魂
总让我从座上，从床上弹起
像箭般射向现场！
累极，仍在风口浪尖，临渊的悬崖
……这时，只有从体内发出的声音
叮嘱我：千万别倒下！

2011. 10.

断 章

从生的乱草之上，扭曲的枝丫摇曳
窗棂之外淫雨斜风，黑色的幽灵飘舞
无框无架的空间，尽是向各方奔突的马嘶

尘封的墓碑下仍有睁开的眼睛
为什么江流向下尘埃会向上
没有穿护心甲的绿叶最易飘落
红墙上有许多黑色的手印

披着圣衣的高音喇叭
让标杆倒下，浊浪卷起
要扶起伤痕累累的腰身多么不易
沧桑的正道，泣血的呼唤

2011. 11.

孤　独

这魔鬼一样的病毒
深潜于我的骨髓
时刻折磨我的肉身
折磨我肉身之外的灵魂

在稀声大音的场所
我混迹其中太久
精彩的表演让我更加麻木
不能逃离渐成重伤

我是木讷的，在你面前
我总是无动于衷，难得一笑
尽管我想包容一切
但对那些飞尘我是不屑的

我并不是一名思想者
没有穿透浮云的炯炯目光
面对流水，已不再伤感叹息

而只想亲近绿叶和白雪

老了吗？不，我并未老
只想回到童年
回到童年时代的故乡
疗治我那难治的重疾

2013. 2.

一场风之后，一场雨之后

一场风之后，一场雨之后
阳光正从蔚蓝的天空洒落
清新的空气穿过绿叶，穿过
每一条街巷，已经唱响的春天之歌
催开了无数梦的花朵

洁净的泉水不再是涓涓细流
越过所有障碍正成溪成河
曾经横流的污水正向后快速退缩
善心正替代不仁，温暖正替代冷漠
幼嫩的翅膀也想一试苍天的寥廓

高速行驶的火车不再脱离轨道
一条条红线正把罪恶的欲望束缚
原始的荒地啊交由正义者去开拓
卑微者的目光不再因贫寒而闪躲
人们选择的道路不再是右或者是左

浩荡的大潮正让一叶叶诗帆高悬
赤足而行不再惊惧滩涂的险恶
曾经的冤屈都可以得到申诉
一面面明镜将阳光反射到灵魂的深处
笑看一粒粒灰尘一片片腐叶飘落

手与手可以真诚地紧紧相握
心与心相连就是一艘艘驶向远洋的辽宁号
神十飞天燃烧十三亿向上的正能量
神州大地处处奏响胜利的凯歌
中国梦已让韬光养晦的伟岸者不再沉默

一场风之后，一场雨之后
五湖四海更加辽阔，三山五岳更加巍峨
信仰的旗帜飘扬于大江南北长城内外
万缕霞光之下的苍茫大野万马奔腾
一群护卫者正把责任高高举托

耕耘吧播种吧向着远方前进吧
有了希望就能有甜蜜美好的生活
有了希望就能有芳草连天生机勃勃
呵呵，这就是一场风之后
一场雨之后，我可爱的美丽中国！

2013. 6.

在这样的季节

在这样的季节，我看见
许多绿叶，许多鲜花
突然变黄，迅然飘落
甚至许多大树，猛然倒下
我没有叹息，也没有欢呼
只把目光穿透云雾
与阳光对接，与蔚蓝亲近
只让心灵在低处静听
风翻动书页的声音

20016. 6.

排队等候

许多人在排队等候
等着等着他们就走了
叶落无声
却换来震天的哭声

2016. 8.

不变的风景

风吹草绿，雨来花开
经年不变的风景
有目光一直想触摸你的心灵

2016. 8.

一支荷蕾

天高云淡，水静流
一支在风尘中醒来的荷蕾
曝光了许多追寻者

2016. 8.

交易市场

有许多跳蚤，大虫小虫……
表演各自的精彩
狂风过后
梁柱倒下，砸死一大片

2016. 9.

对 弈

步步惊心……
时冷静，时冲动
落子如飞的潇洒
举棋不定的犹豫
弃卒保车，弃车保帅
分不清局里局外

马踏连营的豪情
炮横旷野的悲歌
胆识赢得了江山
气度获得了美人
楚河汉界，是硝烟散后
久久的回眸

2016. 12.

春天了，叶仍落满地

春天了，叶仍落满地
我不忍去捡拾一片
雷声便从高空轰下
雨也紧接着下了
我摘下眼镜去翻阅史书
远山在道路的尽头耸起

2017. 3.

今天大暑

今天大暑。我躲回乡间
躲在阳光下，剪摘一扎又一扎
母亲种植的番薯藤叶

经雨水的润泽
这些藤叶茂盛嫩绿，葳蕤延绵
低微的生机如我们的童年

……忽然，我在回忆中
跌倒——这不是中暑的中暑
我惊出了一身冷汗

怕有一天，再也摘不到
这样的番薯藤叶
我不再有根，不再有故乡

2017. 7.

秋　了

远方的梧桐树开始落叶
南方之南，虎威仍埋伏在田野和楼林
月亮看到的仍是赤裸的腰背
她不愿在梦境中温柔
黑发被秋风逐渐吹白的人
却要扬鞭策马，奔回春天

2017. 8. 9

又一年中秋

——读一封家书

下班回营的路上
你看到月亮照在海面上
就想用双手去抚摸并捧起
那一片粼粼的波光

你说，今年的中秋
又将是一轮圆润明净的思念
你只能以心为舰，载着一个梦想
驶过波涛起伏的海面

祖国的一北一南，你说
天涯如何才能缩成咫尺
忍住欲夺眶而出的泪
默诵李白的诗东坡的词

你说，又一年中秋了
故园的那棵番石榴

台风过后应长高了些吧
今夜，清辉一定挂满它的枝头

2017. 10.

我是一滴水

我是一滴水，挂藏于云层
太阳就在上，月亮就在上

我是一滴水，随风飞落
悬崖就在上，山峰就在上

我是一滴水，奔腾于江河大海
苍天就在上，舟船就在上

我是一滴水，渗入了泥土
草木就在上，生命就在上

我是一滴水，流动于旷野田园
风景就在上，诗意就在上

我是一滴水，缀于嫩叶花蕊
希望就在上，梦想就在上

我是一滴水，化作了地气
收获就在上，笑声就在上

我是一滴水，永远在低处
责任都在上，目光都在上

我是一滴水，以微小的存在
成就幸福，让获得者高高在上

我是一滴水，热血本色
让时代的生生不息高高在上

2017. 10. 20

第二辑

大地行吟

在内蒙古草原

骑一匹铁马北上，跃过阴山
绿毡铺向天边
波涛起伏在我的怀中

风吹没有草低
不见白云一般的羊群
一些奶牛静成我诗中的逗号
我的目光在辽阔中跌落

多想仰天激越长啸
为了梦中的天堂
为了梦中的爱人

清澈明亮的天空下
哪里有我蓝蓝的湖水
远方，我的胸膛
有飞沙的阴影

不想在历史的苍茫中奔驰
只想在这赤裸的草原
想我今天的爱人

爱人！我已隐隐地
有了不安的感觉
你病了，一定病得不轻
干旱的风吹涩我的眼睛

天之涯，巨大的弧线交叠
见那水袖起舞
我即打马疾飞，口含一枝花儿

但，只有敖包在那山冈上
只有经幡在风中飘摇
玛尼堆无声睡着

西天彤云，烧我灼我！

2006. 7.

梦幻在梦幻的高处

天边的彤云，未灭的火
梦幻在梦幻的高处
那河不是河，湖不是湖
被灼痛的时间渐暮

这辽阔的大漠
就在草原的中心
倦倦的目光，痴痴地
寻索那馨柔的声音

火车一路向西，向西
天堂已在我渐合的眼帘
但仍渴望东方的波涛
在夜色中涌上灵魂的高原

2006. 12.

在玉龙雪山

长江之南唯一的白发巍峨
可为情而殉有歌声缭绕的地方
你下雪，我就从远方奔来
我来了，你就为我下更大的雪

白衣小精灵们纷纷而舞，纷纷
降落在我的头上，身上，心上
洁白中，我激动，我兴奋
你已听到我内心不断发出的欢呼
快门不断按下的欢愉……

捧着让我年轻让我童真让我纯净的雪
我幸福，我温暖。幸福温暖得
忘记了应该忘记的一切
重新拾回了并非幻美的本元本真
呼吸着你的大度你的从容
我多想赤足而行赤身躺在你的怀抱

大雪封锁了登顶的道路
我偎在你怀里一直微笑
遥望无明或有明之外的光芒
而将与你分别，在你脚下仰望
此时，灰暗的云雾散去
蓝天下盛开一朵倒生的莲花

归去来兮，来兮归去
谁在高处放下，低处坚守

2013. 12.

苍山洱海

十年未曾有的雪满苍山
我从玉龙雪山，从古城丽江
向你回奔，环湖慢走
仰你的巍峨，品你的柔美
风掠过水面，把你的辽阔
吹入我的梦魂，再堆成
点苍山之巅千年不失的光芒

遥望山上那些洁白
内心的污尘被迅然涤荡
临水而开的众花娇然羞然
这些经霜历雪后的芬芳
醉我，迷我……我的爱
已在彩云之南，我梦中的故乡

相忘于江湖并非爱的至高境界
相濡以沫的苍山洱海啊

我要携我的美人
于此长居，直至地老天荒……

2013. 12—2014. 6

三苏祠

2012年4月，余前往四川眉山考察企业，曾顺道游阅三苏祠，今念起，诗之。

久已高山仰止，抑或
因了吾乡西江畔的东坡亭朝云亭
我溯时间之源到这眉山之麓
拜会文章之宗的风流
两棵银杏树撑起了天空
一门三杰，休言难寻他们的宦迹
尸遗他乡，更青了青山，更绿了绿水
三座塑像，凝看莲荷一直开向天边
一口古井，诗的泉水与故国江河相通
那些碑刻，那些赞誉
晨风中猎猎作响的旗帜
大起大落，大喜大悲
文人落魄并非完全是坏事
戴罪之身写就的生命绝唱
成身后千年一处处景观胜迹

庙堂之高，江湖之远
清廉之心永怀悲悯坚持民胞物与
红尘万丈，闪耀如日月
唱尽大江东去的诗魂
一蓑烟雨任平生的气度
最应让哪些人羞愧

2015. 11.

包孝肃公祠

雾霭散去的早晨
阳光洒满这小小园林
一片宁静似在繁闹的世界之外
色正芒寒牌匾下端坐的包拯
至今仍是法治的象征
我除了仰望还是久久的仰望
回澜轩内追寻那颗琴心剑胆
欲问为何你身后千年
仍有那么多的民之贼
好在，廉泉古井的泉水涌流不断
沁透游客之心的
是清风下，那一池荷香

2015. 11.

黄昏，李鸿章故居

结构严谨的雕梁画栋
隐于都市最繁华的步行街
高悬的红灯笼，雄居台阶两侧的石狮
在微寒的深秋，寂寞而又不寂寞
向来者介绍一名晚清重臣
少年科举，壮年戎马
中年封疆，晚年洋务
而此刻，夕阳的余晖
照不进历史幽暗的深处
那些灯光下的资料，奏折，手迹……
都化作从远处飘来
大厦将倾前的风雨和叹息
秋风，宝剑，孤臣泪……
英雄也罢，卖国贼也罢
均只是一个裱糊匠
已腐坏了的家国谁来担当谁来支撑
老朽一死亦难谢天下
百年后复修的故居已成一处景点

耻辱沉重的一页被狂风吹翻了过去
却遗那招商局延续至今
大船出海，从蛇口掀起的巨浪
涌向世界，涌向未来

2015. 11.

逍遥津

已不再有一千八百年前的硝烟
八百勇士退敌十万的传奇
已成少年们熟练操作的游戏
只有大将仍持枪跃马
扼守于人间大道

我乘夜色穿过喧嚣
过飞骑桥，再上津桥
寻找心中的津渡
望了天上的月很久
好想与湖中的月一起逍遥

2015. 11. 16

蜀　山

一座远离巴蜀而名蜀的山
海拔不高而危耸
在大江之滨大湖之畔
在这中原大地
谁把灵气与豪情放纵

没有上天之梯
却有这么多人来攀登
气喘吁吁，上去了又下来
是为了触摸岁月的峥嵘
还是为了感叹尘世的灰蒙

只有你才永觉云淡风轻
挺直如饱经霜雪的青松

2015. 11.

在巢湖边上

深秋了仍没有半点寒意
在安徽名人馆前伫立了许久
在渡江战役纪念馆外仰望了许久
我就一直在这巢湖边上徘徊游走

微风吹拂近岸的芦苇
举目欲寻水天之间的帆影
雾霭沉沉，我只看到了岁月的苍茫
只听到了那些翅膀发出的嘤鸣之声

始终相信，高天之下的生命
即使沉重，也会不断掀起热血的波澜
那些水中的鱼儿从不惧怕什么风浪
无根的浮萍也不会有无梦的不安

岸边的游船不愿载我驶向湖的深处
但我的灵魂是披满阳光的鸥鸟

早已不再对生活和命运发出哀叹
只会向着滚滚波涛展露我的微笑

2015. 11.

天下第二泉

中秋后的锡惠公园
依然水碧花红草绿
你独处一隅
似躲避人世的尘嚣浊污

正午的阳光煮着陆羽的《茶经》
赵孟頫的诗书飘着一种仙气
醉心的二胡声
依然从我童年看过的影片飘来

此刻并没有很多人流连驻足
被圈围于一小亭之内的二泉
清澈漪澜似仍浮着一枚皎月

恍惚中我看到了一位盲者
青布长衫，戴着墨镜，背着琵琶，拉着二胡
从湿滑的石街慢慢走来，又慢慢走去
那些从打结的弦线上弹跃出的音符

是凄风，苦雨，叹息
是不屈，控诉，抗争
似乎还有，欲辩难辩的抑郁……

七十六年已过去，没过去的
是可让天下人就寝的《二泉映月》
是让一名外籍指挥家认为
只应跪着听的《二泉映月》
啊，水的微波，月的清辉
融荡着苦涩心灵的低音和高音

如果不是命运曲折
不是最底层的贫困潦倒
又怎会眼瞎心不瞎
又哪来切肤的痛楚灵感的闪光
苦难，一切至美艺术的酵母
所有诟病都无碍这音乐的纯净
如这永不枯竭的泉水

永不逝灭的琴音
正被秋风吹得更高，更远……

2016. 9.

宜兴竹海

方圆万亩的华东第一竹海
还没到临，远远就有花香扑来
哦，循记忆的小径，走近镜湖
秋风吹皱了一泓碧绿澄澈
不见白色裙裾飘飞，青春靓丽的倒影
唯掬一捧太湖之源濯洗男儿的忧愁

那就挥一挥手，告别湖中的云彩
走进绿色海洋，潜入天然氧吧
让心肺拼命吸纳清新的负离子
吐出不应存于肉体与灵魂的浊气

我已远足三千里
此时仍背负沉重行囊向上攀爬
气喘吁吁的时候就歇歇脚
仰视一下那些挺拔的腰杆
让热汗自微躯飘逸成海中的浪花
我爱你的高呼在海中回荡

竟有你娇柔的回应

阳光照媚了正在洗沐的玉女
驻足苏南第一峰之巅
凌云阁上俯瞰连绵的山脉
绿浪起伏的大海，和苍茫大地
一种气概再次萌生

到了山脚，我却用长焦镜头
对准花草盛开的嫣然
蝴蝶翩飞的悠闲
并静听岁月的波涛轻拍心岸

2016. 9.

氿滨夜色

每一次都在夜间向你奔来
你总以璀璨灯光迷离月色
荡漾我的梦往

总是欲诗难诗
唯沿氿而走，依水而坐
远望水穷处，感叹你的浩茫
在半暗半明中流动江南韵致
那些星星，长桥上飞驰的车灯
高楼之上闪烁的霓虹
还有万家灯火
都是你的温馨抒情

我赞着小城的摩登洋气
你却逐一告诉我这小城
从古至今文化名人的轶事
任公钓台被水波轻拍
悠扬的乐声中有曼妙的舞姿

我看到了你由内而外的
高贵和浪漫，矜持与端庄

走了西氿，又走东氿
栈桥上有恋人长久地相拥热吻
真挚的爱情让夜更加朦胧
而保利大剧院水波一样的曲线
演绎小城新的潮流，纷呈的异彩
告诉人们，所有的积极进取
即使在黑夜，道路同样光明

明天又将启程远行
你已将我刚性的灵魂
溶入了生活的柔情

2016. 10.

玉女潭

一块从仙女颈项坠落
静藏在山间的巨玉
被岁月化为一潭碧水
滋润着莲子山的魂魄

站在你的身边
听不到哗然的流水声
也看不到有半丝漪澜
只觉有仙女洗浴的娇影

即使有阳光的照射
也难以眼睛探测你的深度
与太湖相通，龙潜深底
才有天下第一潭的称誉

如果苦难之身难以慈航
那就开成一朵莲花吧

在这澄明之上
拒听山外的涛声

2016. 10.

龙背山公园

不以山的形象存于我的记忆
常有芳香自桂花园飘入我的梦
你这娉婷的江南女子
太湖之源般温柔纯净
在绿茵中向上延伸的小径
哼着英雄美人的歌儿舞步轻盈
从名人馆的儒雅智慧中出来
你让我仰望文峰塔上的光芒
哦，天高云淡，爱的幻想飞升

湖边你手握蒹葭，任馨风
吹动黑色衣裙白色丝巾
清澈眸子透过镜片与阳光辉映
醉了在尘世中奔波的一颗心灵
你还背手而立，静看荷叶下的漪澜
自言自语，心生诗的意境
哦，我却永久地，永久地
记住了你此刻的丽影

2016. 10.

郯城麦坡地震遗址

巨牛几次在睡眠中转侧
都以精血喷射的方式
向岁月倾诉心声

一亿五万年前的黑
一万年前的红
仅以一线泾渭分明

一瞬即永恒
红色脸庞上的沟壑皱纹
谁说那不是生命在抗衡

绿柳轻风，一步一亿年
可以跨越无限时空
是长着翅膀的魂灵

2016. 10.

在郯城沂河边

中秋后的鲁南平原
依然张扬着温润的绿色
更以一种豪迈
辽阔我这南方之南的诗者

从麦坡地震遗址
一步跨过一亿年的时空
便到了沂河边上
看清清河水静静流动

这陌生的河，熟悉的河
是从泰山之麓奔来
是从蒙山之中走来
一路演绎非凡的风采

几位同行的当地诗人
在回忆童年的快乐时光
在缅怀父辈们的烽火岁月

在说着他们坚持的同一信仰

我在倾听中忽见连天的炮火
车辚辚，马啸啸
一队队的手推车
一股股向前的洪流……

而这沂河，至今仍
荡漾着那千千万万的身影
让我长久地驻足，更长久地
看着那些白鹭觅食和飞翔

2016. 10.

雾中登泰山

一场秋雨在昨夜将《封禅大典》
淋得更历史更沧桑更气势
未散的余韵化作今天的浓雾

呼呼的风让缆车摇晃如叶
脚下万丈深渊拉扯着我的魂灵
每一级阶梯都有云雾弥漫
飘浮的人生何来十足的霸气

南天门，西神门，孔子庙……
这天街，处处是朦胧的景象
玉皇顶上，狂风从东面海洋吹来
吹湿吹乱了多少黑发和白发

云海里浮游，谁在寻找可靠的岸
如真是五岳独尊，又何须昂头天外
万法唯识，登峰未必造极
唯天在上才会登泰山而小天下

天下苍生难道是一群群蝼蚁么
风吹不走浓雾，风告诉了我
苍茫大地，谁主沉浮

2016. 10

三夹腾龙竞渡

小满，大满。江河涨……
你们从河底醒来，仿如重生的诗神
锃亮之身述说两千多年前的故事
更述说水乡恒久不变的情怀
一种传承，雅化的使命
十八支雄性的队伍
集聚如从四方游来将跃龙门的众鲤
一碗碗雄黄酒下肚
热血汇成西江的洪流

不可或缺的拜天祭地
告慰远逝的悲怆诗魂
祈愿风调雨顺，国泰民安
龙头向上，龙尾翘起，锣鼓架起
在吃了粽子之后，将米饭菜肴
将忠义将家国情怀泼洒江中
雄性激素聚积的胸肌肱二头肌
再度隆起于五月的风雨

古铜色的裸背反射阳光
闪亮于无数惊讶的瞳仁
这三夹河啊！
与我的汨罗江我的云梦大泽
水流相通血脉相通

高天之上的云朵
飘飞的巨筝，俯视宏大的场面
只为静待激动人心的时刻————
砰砰！比赛的枪声爆响
两支贴着水面而飞的利箭穿透时空
两条出海的蛟龙奏响了进取的乐章
岸上水上有声与无声的呐喊
在同一节律上跃荡……哦哦！
响亮的号子，翻滚的白浪，飞溅的水花……

鞭炮声里升滕弥漫紫色的烟雾
节奏不断加快的鼓点中
扒丁们弯腰低首奋猛扒划向着目标冲击
咬紧牙关水乡人向命运挑战的韧性
是水的灵性水的母性孕育的结晶
哦哦！这使尽洪荒之力
绝不仅仅是一种炫技一种耀术
而是老中青少同舟共济生活信念的体现
心与心相贴团队共同拼搏精神的体现

八百米赛程之后是高昂起的头颅
是自发的狂呼，是高举桡扒的豪迈啸嗷
是雀跃而起，是握拳挥臂
是纵身一跃再入时代的江流
是新日子新生活新征程的启动！

如此的竞赛唯有名次，没有失败
唯有对大江的钟情，对大海的向往
唯有我们古老国度永葆的活力
唯有我们再度焕发青春的民族
将腾飞之梦寓以龙的威猛龙的精气神
以勇者之智智者之勇纵横捭阖
是的，盈荡于我，盈荡于我们心野的
胜利的欢呼乃因了吾国一天比一天强盛！

君不见兮！那贴着水面而飞的箭舟
正在新的地平线竖起新的希望之帆！

2016.6—2016.10

千泷沟瀑布

在离你最近处
仰望千条龙的挥舞跳跃
我久久不愿离开
想从这些雪白的身姿
寻出散发土香的灵魂

透过镜头，却发现
被冲刷撞击的岩石上
直挺着许多棵小树
嫩叶摇曳水声风声
——天堂顶才知道的故事

龙岂止千条，无数后继者
从 290 米的长沟中跃出
奋然向下，以溪河
从深山走向大千世界
我们这些山的儿女
背负山一样重量的身影

就在那些浪花之中，或浪花之下

跃或不跃龙门，不同的宿命
幸福的歌唱，痛苦的呻吟
都汇成时代的涛声

2017. 2.

春天，南方的高铁上

春天，是雨，是雾
是绿色的漫延，江河的水涨
是田园中播种的身影
是朦胧中的亮色
是车窗外景物的迅疾后移
是和谐号上的时间奔跑
是你我的一切距离
最有效的快速缩短

春天，是青山高耸
勃起雄性的伟岸
是山花烂漫于你的惊喜
是高速公路，高速铁路
穿山越河，伸向你我的家门口
是智能手机的视频通话
是你以最温柔的姿态
扑向我的心怀

春天，是去程，也是归程
我们背负的不仅是行囊
远方和诗已让我们不再苟且
最希望的是永远结伴而行
我与你因温暖而交融

2017. 3.

船荡华阳湖公园

船一入荷塘
香气就从你的体内溢出
那些翠芦莉，美人蕉
也把清水还给了世界
还给了天上的云

刚把落在一朵莲花的目光
投向那背光而立的观音像
船就低低地穿过了尚莲桥
女诗人突然的一声惊叫
鹭鸟就拍响了翅膀
斜斜地划过月亮湾

塔影浮荡，蒹葭仍在摇曳
船泊岸，你的侧面而笑
摄走了我的心魂
而太阳更加辣，风更加柔了

2017. 6.

夏日，可园

阳光扫过尘世
可园里的荷花开了
香气飘入草草草堂、香光阁
曾经耻辱的叹息，无奈的叹息
从擘红小榭传出
落在那些翠竹剑兰
落在那些书画里面
纵使倚阑长啸
也只能啸成一卷《可园剩草》
罢！罢！罢！……
可而不可，不可而可
可人的花草疗治不了气淤血滞
四十二年的岁月
尽管也有烽烟的味道
也只是园外东江波涛上的一朵小浪花
今天可湖里正在戏水的鸳鸯
栅笼里正在开屏的孔雀
最吸引那些柔性的目光

而我徘徊复徘徊
只想寻回英雄的血性

2017. 6.

第三辑

请葬我于你的心谷

一朵漂在海上的浮萍

一朵漂在海上的浮萍
在波之巅浪之谷潮之隙
不言不语，呈现冷艳的美
花瓣时开时合，没有阳光的照临
不轻易把受伤的心敞开
厚重的红尘，推残青春的风暴
深邃的蓝，无边无际的苦涩
泪流尽后是至真至善
瘦弱的玉体散发阵阵芳香
岁月的沧桑已隐藏于微笑
那天上的虹，七彩的梦
谁奏凤凰和鸣，扯动你爱的向往
我终不能把手伸向你
唯让目光穿过涛声落在你的身上

2005. 6.

不祈求另一株桃花的妖娆

当我把阳光金色的心情
告诉临水而居的一朵莲荷
我只感到一种淡淡的忧伤
在蓝蓝的水波上荡漾

那不是李白的桃花潭
独行的灵魂眷眷回首
飘不走的行云不白啊
谁看见时间的内心注满哀愁

如果鸟儿嫩嫩的翅膀
能掠过今年春天的树丫
曾经的失落能否再次站起
把红唇吻向梦中的彩霞

我不是南方的孤雁，而是走在
北漠高原一百头雄牛中的马匹
备受烈火烘烤的脊背

驼着对雪线之上圣洁的思忆

如果生命的壮丽必须由你开放
我宁可背对命运的波涛
把希望的种子植入你的根须
而不祈求另一株桃花的妖娆

2006. 5.

我坠入了一片海

——献给我的缪斯女神

我坠入了一条河，啊，不
我是坠入了一片海，一片阔阔的
海，茫茫的海，深深的海，远远的海
黑夜变白昼，白昼是更白的昼
我不需要方舟，不需要救生筏
我知道，这是宿命，我选择和甘愿沉溺

我是在寻觅中眼睛突然发亮
然后突然失明下坠的，诗的惊叹
是心灵感觉了在波涛之上的那朵莲花的芳香
我由此毅然离岸而去，逐浪而去
我下坠在她的身边了，我守着她
我护着她，我伴着她，我看着她

还有其他的目光探过来，像探照灯
但我以高举起的手，跃起的躯体
将它们挡住，因为这些目光是雨

是箭，而在这浪尖上，很冷，她的花瓣很薄
经不起从北方来的寒风冷雨，从西方来的
寒言冷语，她需要宁静，需要优雅地梦

她飘忽不定，在时间的海上曾经惘然
我也一生漂泊，没有可归宿的家园
她的灵魂犹如太阳，犹如月亮
圣洁的光辉从大海的深处远远飘来
让一直在阴影里度日如年的我兴奋不已
那是希望，那是光明，那是爱的呼唤

她也需要温暖，渴望爱的热烈，爱的爱抚
那娇柔的花瓣开在浓雾中，开在黎明前的黑
岁月的惊涛骇浪，岁月的尘埃杂质
曾经侵袭着她嫩嫩的心蕊，她嫩嫩的肌肤
没有胭脂的素脸，荡起层层的涟漪
却独自在蓝色的屏风后起舞，抚琴，作画，吟诗

她不是哪个王朝的女子，而是嫦娥
是我前世的仙子，今生的公主
她不在宫殿，在我心灵的原野，和大海
她以霓虹为裳，以白云作衣，日日凌波踏浪
而心又常飞到高原，飞到雪山和圣地
在一个个海子前渴想山峰般伟岸的王

而我来了，我从远古奔来，身佩腰刀

因为大地的苦难和沧桑，我目光忧郁而坚定
我从莲花宝座上走来，不再觉海慈航
我野性的胸膛是电闪雷鸣的宇宙
我热烈的血管奔流着黎明的曙色
捧一颗炽热的心，感应另一颗寻梦的心

她是野生的，是大自然的精灵，是水上的
火焰，火焰伸张的翅膀，是美丽的凤
扇动一海的情感，却又秘守一海的蓝
澄明的心境映照一千个海子同时日出
西部高原与东部海洋有着共同的语言
古典与现代的完美结合，她独特高蹈的诗歌

生命没有废墟，爱情却在废墟上涅槃
花瓣碰到礁石，旋流暗涌，夜幕降临
珍珠台风在阴谋中形成，卷起黑色的恐惧
我嫩嫩的莲，却在浪尖上安然而睡
传统的忠烈让她把一切都高举过头顶
蔑视邪恶让她产生了无比的勇气和力量

而我早已在她的身边，寸步不离
用我曾深入岩层的根须缠绕她的根须
用我伸展了千年的肌腱发达的右臂
抱揽着她的小蛮腰，以王者的无敌气概
斥退奸淫的恶贼，让它快速逃走
让我的美人在晨光下醒来娇嫩如出水芙蓉

啊，美的吸纳者，集众美于一身
海鸟们在低低地飞翔，也来俯瞰欣赏
这羞涩的微笑，比一切鲜花妩媚可爱
而水，水是她生命的液体，她终生的营养
她体内的醇香溢自甜甜的酒窝
她甜甜的酒窝让善饮的我天天沉醉

我本是山中之树，千年归来的王者
如果这海比万丈深渊还深，我的坠入
已是万劫不复，但这绝不是罪
爱本无罪！上帝不需要我的忏悔
只需要我在这波涛之上倜傥风流
拥吻她的秀发，她的粉蕊，她的樱唇……

给她席梦思，给她青罗帐，给她锦被
给她体温，给她灵感，给她所需要的一切
以豪迈的英气让她激动，让她晕眩
让她幸福地娇喘，让她感到满足和荣耀
让她在曼妙的乐声中把世界幻化成诗
把天空幻化成没有尘俗的天堂

风已平浪已静，红地毯一直铺展到天边
在花瓣的颤动中，我听见阵阵马蹄
柔婉的笛声中穿过云层，给我送来
新娘的洁白婚纱，银手镯，金项链

四目相对，前世的缘，今生的份
丘比特安琪儿为我们奏响了乐章

曾经的虚无已化为永恒的存在
曾经的忧伤（因等待）此时已成了蜜汁
——升华吧，不要贪恋尘世的功名
你们是天生的一对，诗歌是你们的净化剂
命运的上帝就活在你们的心中
打马驰骋吧，在精神的辽阔草原

啊，在驰骋中我们回首蒹葭苍苍
回首我们的大海，波涛不绝的大海
在雪线之上在冰川中呼吸少氧的空气
怀想夕阳在海上的悲壮，明月在海上的荡漾
一群群的牛羊，在天池的倒影中
金色的抒情伴随着我们的天国之旅

而大海是我们生命的归宿，爱的归宿
如果我的扒划能让我的美人更加绽放
我就用尽我生命的能量延长她的青春
如果我的肉体沉溺了，我就让灵魂脱身而出
在波涛上浴火重生，再次成为不死的千年王者
呵护着我的美人，在诗的光辉中永生

2006. 5.

我无法靠岸

我无法靠岸
我的爱人不在身边
时间之水波涛汹涌

迷离的雾遮掩依旧少年心的梦
说不出的疼痛像一颗石子击穿
薄薄的鼓膜，没有发出丝儿的声响

常常在徘徊复徘徊之后
点燃一支又一支香烟，以吱吱作响的红
把遥夜慢慢送走

天亮了
那是我悄然而出的白发
化作了黎明的微光

我的爱人在远方
一条横亘的河

三千弱水，竟让我徒呼奈何

无法靠岸，我的爱人
就让我以澄明的泪眼
深情地凝望，一首世间最美的诗

2006. 7.

秋风了，又秋雨

秋风了，又秋雨
午夜，或者白天
梦之河没有游动的鱼
叹息之后，总把
孤独的目光投向孤独

不再燃烧了
尽管近处是灿灿的秋菊
长亭外，新道边
只奔跑着时光的白驹

长久没有伊的消息
一丛心草，难绿

2006. 10.

只说那是我梦中的娇娜

寒风把夜吹深，吹深
我正从深处奔来，去追一轮明月
手中的酒仍温，静听楼台上的琴音
飘向天上隐隐的宫阙

彩云不在，谁自古典凌波而来
裙裾轻扬起昨天的记忆
那不是雨后的迷濛，霜雪后
这犹灿的梨花，无需红粉轻施

双螺高绾，已脱去生与死的苦痛
回眸一笑后便把清波远送
莫问今夕何年，瘦了的是流水
时间的辕门外，是久久伫立的英雄

英雄被一袭无尘的芳香醉了
却不说那个字儿，更不说那个词儿

只说那是我梦中的娇娜
只说啊，那是我梦中的，娇娜

2006. 12.

静夜诗

冷空气已多次仍无法越过南岭
偏暖的日子南风还未起
水静不流，叶寂不摇
处处尘埃，我不碰一粒

涛声是有的，且盈耳
风也是有的，且盈袖
我已倦，隔一阔阔的恒河
遥望那莲花在光晕中浮悠

过了今宵，这些红灯笼
就不再挂在乞丐的眼中
温馨闪烁永为梦的朦胧

对镜，白发哪堪数
唯翻书，却阅不下去
阅不下去，泪成浊酒一壶

2007.3.4. 元宵夜

秋风吹来

江南断桥上的千年泪滴，和叹息
再被今天的秋风吹来
像一根根针刺
扎向我眷眷的回忆
苍凉渐成一种距离
而那朵梦中的花，我一直
以血为水，浇注她的根部
不让她在百花凋零中凄凄

浮云在灰蒙之上，河流在浑浊之下
我这自缚的囚徒，如何才能走向幸福的终极
一切都已那么遥远，一切都已那么缥缈
天，已空了我今生所有的歌诗
只有那红红的杜鹃
仍在昨夜铺展的宣纸上，啼泣

秋风从北吹来，雨潇潇，心难寄

2007. 10.

我的桃花

我的桃花不开在春天
不开在水里，不开在山上
我的桃花啊，粉红的桃花
在远处，又在很近很近的地方

走路想着她，开车想着她
其夭夭，其娇娇，其嫣然，其灿然
在我未写出的诗句
在我未开垦的田园

露缀其上，成珠，成玉
雨淋其上，成雾，成霞
晶莹而朦胧，纱巾轻罩
牵其纤手，在梦中的天涯

我不再呼之急急，唤之切切
我这温湿土壤之上的烈焰

2007. 10.

致　兰

某日，余观一画者所画之兰，心有所动所思。今仍念念不忘，乃诗之。

没有随风摆动的娇柔身子
不生于大棚而长在幽谷
大美隐于善于哲思的灵魂
微笑总带着一片霞彩

你深邃如蓝色的天空
你高远过白色的雪山
大海的波涛啊
飞扬起你梦的翅膀
月光总在夜晚轻吻你的玉躯
告诉你，远方的英雄
正在纵马扬鞭，正在喝酒吟诗

寂寞开无主的青春曾忧郁了岁月
爱的热焰却未燃起于绿色的草原

你唯沐清露而优雅高贵
蹈朝晖而靓丽神采
舒长袖而韵味无穷
所有的痛疾都只是阴险的刺客
你亮出的剑闪着生命的锋芒
你已成为神女峰上的女神
但仍有沧桑的目光
将你托举至无限的高度

秋水长天！你旋舞起的裙裾
你抚弄的青藤，你呼出的细软气息
沸腾王者一身的血液
可你总是智慧地敛藏起所有涌动的潮水

你已芬芳于一片纯净的岸土
你已芬芳了一片纯净的岸土

2008. 8.

但那不是你

2008年9月13日晚，在广州星海音乐厅听《金秋明月·2008迎中秋民族音乐会》，神思恍惚，遂写下几行不是诗的句子——

这是来自天堂的声音吗
橘橙色的灯光下
低低的幽怨，轻轻的泣诉
你说花好月圆，可好花在何处
纤腰长裙一次又一次飘来
但那不是你，不是你
此时，月悬于空，不见一丝云彩
而我要去了，循着内心那轻柔的召唤

2008. 9.

秋

风横过来，又横过去
便秋了
落英在尘埃之上
我质本洁来还洁去的姐姐
瘦了两泓碧水
荷一把虚无的锄
竟日在内心的古巷
寻找春绿
而我不能吹响那支笙箫
怕把她，惊醒

2008. 9.

夜听海涛

夜幕下，一层层白浪向我奔来又退去
退去又奔来……那是从心之核引发的搏动么
这一声声，从看不见的远处深处传来的呼唤啊
我也向着那看不见的远处深处呼喊
但每一声都似被这些涛声掩盖
可我却感觉到远方有一颗温柔之心含羞的回应
沙滩上，我站着，走着，在聆听中慢慢入梦……
酣然中听到你说，我的耳朵就是你的耳朵呀
可黑暗中的凌波仙子，我为何只看到你白色的裙裾
为了能与你拥吻，我曾经多次跃起和故意沉潜
而你总是如此欲迎还拒欲拒还迎
以致我奋然不觉游向你的深处……而此刻
寂寞的灵魂就是那盏孤独的渔火么
她闪烁于看不见的天边，静静地言说我俩的爱情

2009. 8.

请葬我于你的心谷

如果有一天我轰然倒下
请葬我于你的心谷
让我在你的梦里
静听天空的鹰叫，草原的马蹄声
感知远方的雪山仍在向我招手
爱的桅杆仍在我俩曾牵手过的港湾高竖
眷恋着伸出你小轩窗的那一朵玫瑰的云
仍在江南的水面上卷卷舒舒

如果有一天我轰然倒下
请葬我于你的心谷
免得我像单飞的蝴蝶
在浓雾弥漫的荒野迷失了路
免得我隔着比海还阔的距离
时时刻刻，朝朝暮暮
都在因遥望不到你而十分痛苦
知否？你是我永远的祖国
我灵魂依归的大陆

如果有一天我轰然倒下
请不要恸哭，只需葬我于你的心谷
我知道，这样的要求实在有些残酷
但你会乐意，乐意
让我得到今生最大的满足

2009. 8.

你在哪里

你在哪里？你在哪里？
九月桂花飘香的江南
水波依然柔软，莲荷依然静放
风的翅膀渐长，黄昏比黎明可爱
我听到那甜润的歌声越过阔阔的湖面
成了一只衔着锦书的雁儿
飞翔在我思念的夜空

你在哪里？你在哪里？
众星闪烁，群花舞蹈
阑珊之外是将军的马蹄疾
仰天长啸的英雄拨动一只球仪
目光定定停落在那水之湄
水之湄一个洁白的娇影

你在哪里？你在哪里？
艺术的宫殿有你敏捷的才思
生命的天堂有你庄严的使命

却让蓝色的火苗静静掩藏于泥土
唯任愁绪烧红了天边，烧红了天边

你在哪里？你在哪里？
是在我之北，还是在我之南
青山依旧在，夕阳染红了滚滚波涛
孤寂的生命，孤寂的灵魂
祈盼一支玫瑰从莲的芬芳，伸入
以血泪抒写的诗句

你在哪里？你在哪里？
阵阵松涛声此时是否已入了你的梦
秋风渐起，不怨这秋水长天
我的伊人，我将悬成一轮中秋月
于你的小轩窗前，让你的红酥手摘捧

2009. 9.

没有你的身影太阳一样来临

凛冽的寒风。光光的树梢
没有你的身影太阳一样来临
我的眼睛空洞已久
我的庭院也渐荒废
所有熟悉的也变得陌生

时间的溪流依然活跃
生命的海洋依然脉动

如果劫波度尽
我在恒河的这头，你在恒河的那头
都能说出：“I see you!”
那我就可以幸福地死去

2010. 01. 16

又游故地

茫茫人海，万岛沉浮
一波又一波过去了，我不知道
你在哪一波上，或哪一波里
阳光穿透我的泪水

风一遍又一遍吹过
江水还是原来的江水么
竟浅出了那么阔的一片淤泥
在这故地，在这江边
我已不再听到你三年前的惊呼
——水涨了这么多呀！
只有我的自言自语
——那陷入的脚印深深，深深

心，阵阵绞痛
对岸的钟声催我，催我归去！

2010. 4.

赠　伊

南来的雁，北往的云
我的渴盼，我遥寄的心
这，都因有你如风柔柔的吹动

我知道，珠江南岸不是真正的江南
我常常醉里作异客
梦中以你的所在为故乡
每每醒来登高，都数不清
青峰几迭，流水几湾

如果，如果今生真的不能再相见
就让我，以思念研磨泪血
在今日，在时间永久的宣纸上
为你染就一十一枝玫瑰

太湖在哪里，东山在哪里，你又在哪里
今日今夜，我一直这样徘徊自语

而红尘外，雨巷里
你是否听到，那嘚嘚的马蹄

2010. 6.

今夜中秋

今夜中秋，中秋的今夜竟无月
台风过后的南方之南，今夜
有微雨轻风，乌云布满天空

万家灯火早已亮了
我在灯火的高处，在这小城灯火的高处
秉一支心烛，问天：天啊！我的月在何处?

雨微风轻，我知道，你那儿也天凉了
江南的秋水有岸，无岸
此时，纤腰长裙的你应在水中央

琴声袅袅，你莲步轻移
为能照你的从古代策马奔来的英雄
你寻找一轮秋月，喟叹三千里江山

你多想，多想此刻，能依偎在英雄的怀里
诉相思苦，诉红尘里你的坚守

诉你常百转柔肠，望断天涯路……

此时，广寒宫里桂花摇动，清影婆娑
有一滴清泪，溅响了天湖，溅响了你的梦
你长袖轻舒，啊，独独起舞的嫦娥！

而我啊！多想，多想花开在我的眼前
但那是我的天涯，我的天之涯啊
千里共婵娟的愿望，注定今夜的无眠

……今夜中秋，中秋的今夜，终有秋月一轮
娇娇羞羞，悬游于忽明忽暗的云隙，让我
举头复举头，忍不住追去，追去……

2010. 9.

今　夜

今夜，你的心不再设防
我的心又何尝对你关闭
此刻，北风渐弱，北望夜空
天空的星星都模糊了。那是
我的眼睛噙满了泪水！

今夜，你究竟在何处？是在那
有星光灯光辉映的
河之岸，还是湖之畔？春水微澜
你的幸福，你的欢愉
你的快乐，甚至你的忧伤
都是那样的可爱，那样的
千结万结我的柔肠

2011. 4.

静夜思

静坐窗前，风正一缕一缕地吹过
这春之夜，花开的声音高过云朵
我多想涉水而去，到达你的水岸
牵起你正舒舞的长袖，让星光灿烂

星光之下，我轻揽你的柳腰
在那片水波之上跳着慢三慢四
以不言不语，倾诉我的念思
倾诉英雄的柔肠……伊人啊！我一直
在为生活而奋斗，更一直在为你而写诗

我不再是在乌江边头颅送故人的霸王
有你，我的伊人！我的头颅
我的灵魂，只能让你独自占有
我将不再渡江而去，我王者的事业
只能在你的故乡，在你的故乡

2011. 4.

秋风吹动秋雨

秋风吹动秋雨
一帘厚厚的愁绪
最欲穿的是我的望眼
千千山，万万水
我的伊人在何处
降温下雪的消息，又入
我的诗行，惆怅飘舞
大地苍茫，我的灵魂
四处奔突，四处奔突

没有你，我何处栖宿
没有你，我无法栖宿

2012. 11.

每天我都遇到你

每天我都遇到你，每天你都轻拂我的心灵
春天，夏天；秋天，冬天……每一个早晨，
因有你而阳光灿烂，彩霞满天；而那雨雾迷蒙，落叶满地
是不属于我的。冬天，春天；夏天，秋天……
每一个晚上，因有你而清辉如雪，彩云追月；那
沉闷灰暗，忧郁伤怀是不属于我的

而每天我都在等待你的到来，在曾经的沧海神遇
我的爱人，芬芳如兰，总给我浪漫温馨的梦
人间四月天的江南啊，那水岸，那片金黄的水波之上
有我策马的身影，有你旋舞的娇姿……记否？湖边
我的白雪公主摘采荷花一朵，而我在你的身后
心放一枝玫瑰，等待你的转身……

2011. 5.

让我的思念涌动成你生命的歌

梅雨之后的夏天，荷花盛放，杨柳轻扬
你又在那水岸遥望远方
一袭白衣长裙，风中永恒静立的娇影
我至爱的人儿啊，你岂止路过人间
你的爱，你心弦之上跃动的韵律散发着兰花的芬芳
伊人啊！我会在每年这个日子都摘采一枝玫瑰
放在我的窗前，让风的眼睛看到
脉动的血因爱情而更加红艳
而我独处时的呢喃和呼唤
无尽的思念之水，已奔流到你的脚下
呵，就让它涌动成你生命的歌
日夜在你的心海，澎湃……

2011. 6.

想你，才不会寂寞

只知道，只有想你
我才不会寂寞
千山万水我早已涉过
但仍在那山崖之上，风一遍遍地吹过

英雄之剑已被月光洗涤了千遍万遍
豪气干云的英雄之胆啸傲江湖……
日复夜，夜复日
春了乃夏，夏了乃秋，秋了乃冬
拍岸的惊涛，声声的呼唤，雪花般白
你也隔山隔海地感觉到
一颗哀伤之心炽热的浆液欲喷发而出
那都是因了你的柔情
我此生已注定，万劫不复，万劫不复！

我只知道，我像一粒尘埃
在阔大的时空，只有想你
只有想你，才不会寂寞！

2012. 3.

这人间四月天

这人间四月天，是对往昔的怀想
是对江南的梦往，对你的思念
是迷蒙雨景中，我欲写的诗篇

这人间四月天，是忽起的猛烈的北风
幸有天光云影，告诉我什么才是缘
幸有河边青草，告诉我天涯并不是天边

这人间四月天，不是你我生命的秋天
山高水长，我一直在仰望和远眺
你的柔情告诉我，流走的并不是时间

这人间四月天，是回乡之路的不断伸延
曾经的少年梦越不过那些坎坎坷坷
幸而，有霞彩弥漫爱的故园

这人间四月天，是枯败后的再一次盛开

是你给予的甜蜜，忧伤后的温暖
是我如蝶般，如蝶般对你心灵的眷恋

2013. 4.

爱的哀伤

如果我不能再向你说出那三个字
怀想将成流水之上的叹息
杜鹃啼血，英雄断臂

如果我不能再向你说出那三个字
山将不再高，苍鹰折翅
暮云四合，天也渐低

如果我不能再向你说出那三个字
我将如绿色褪尽的枯叶
在寒风中飘落，在冷雨中成泥

如果我不能再向你说出那三个字
时间的坟头，将只余一卷
以思念，以祝福诉说的歌诗

2016. 3.

雾中，爱的抒情

不知道北，不知道南
不清楚西，不清楚东
如酒后的兴奋
胡言乱语却最纯真自然的抒情
虽然世界此时混沌朦胧
但仍记得那一段苦涩与甜蜜
更记得你的前世今生
前世是牡丹倾国倾城
今生是玫瑰承露受珠的润泽
成韵成诗迷醉我的魂灵
那些灼灼的桃花，知己红颜
都将成大江之上远去的帆影
这遮天蔽地的浓雾
人生之画中的留白
却可让我们执手相视
地老天荒中静听爱的嘤鸣

2016. 3.

桃之夭夭

三月，寒意刚退
我驱车八百里寻梦
粤北山乡渐散如烟的雨雾
阳光轻洒一片辽阔的桃林
风，吹拂一树比一树
一枝比一枝更热烈的丹红
我托举相机
不断构思最美的画图
无尽芳菲中
醉眼迷离，心旌摇荡
忍不住，让目光
越过一个枝头又一个枝头
觅我永久钟情的仙子
身穿一袭白色衣裙
十里清波上旋舞的美人
从中午至下午至黄昏
竟有了些许的忧愁
暮色中我以手机电筒照明

仍想在静气屏息的对焦中
看到你嫣然的一笑
听到你如兰的呼吸
奈何我总把天涯当咫尺
误了一程又一程的山水
被几番催促要走了
才醒悟，这灼灼
并非我那
江南之夭夭

2016. 3.

深夜，我还在读着你的诗

深夜，我还在读着你的诗
我知道，那渡口正澎湃着泪水
可任我如何奋力扒划
这艘船儿始终被一条缆绳紧系

窗外雨声淅沥
辽阔黑夜，数不尽长亭短亭
折回的目光几番碰撞房壁
陷进去又弹出大而无声的叹息
偏头痛加剧了我的抑郁
要止痛，唯猛服
你以罂粟花研制的诗歌液汁

欲合难合的双眼充满血丝
想着你的娇妩，我实在情难自已
纵使千呼万唤，你依然
隐在江南的唐诗宋词里
只愿你在春天的开放中

能听到我的心跳，那
为爱而不停赶路的嘚嘚马蹄

2016. 4.

节日，致友人

每个节日
总有你的问候与祝福
诗的芬芳溢自荷花
你娇柔的美
我又怎会不迷醉
时间，已静成一潭碧水
我纵身一跃，畅游水中央
不溯源而上，不顺流而下
唯听你　隔岸的欢呼

2016. 6.

妖　女

让我患病
又给我解药的妖女

给我一年四季
时晴时雨的妖女

总让我在漫漫长夜中
欲踏马关山的妖女

总让我作南雁北飞
剪断长空的妖女

一缕柔风拂我尘埃
一杯烈酒煮我的妖女

一朵嫣然含羞的嫩荷
梦中给我软唇的妖女

一身江南烟雨
让我长年啼血不止的妖女

梦里梦外全是你
时刻想把你吞掉的妖女

遍寻世界不遇，隔山隔水
恒久地折磨我的妖女

我的妖女啊!
我恨极的妖女!

2016. 12.

附　录

生命的追问成诗，于经典不差

——读野松的《杂思·无题的抒情》

沂　波

一首《杂思·无题的抒情》猛然使我眼前一亮，在读的过程中，诗歌跌宕的意绪就激荡了我的心怀。个体生命的挣扎——在整体命运的颠簸中啼血歌吟，由个体链接大我不停地对生命追问，若沉沉滚来的闷雷，就要轰然炸响。读完整首诗，谁不感受到“山谷回音/回荡在脚下的万丈深渊/回荡在一生仰望的绝壁巉岩”？这震撼的回音，给人带来久久的沉思，让人联想到经典作品中对命运走向的追问。

这首由25节组成，整整100行的诗歌，每节诗在有着独特意蕴的同时，还有着相互关联的意境，畅达厚重之中咆哮着不停的呐喊。长诗起句从众生相惯于显露儒雅大度，将忧戚的心灵掩埋于厚厚的笑容之下，见人遇事总是表面的打着意味深长的哈哈，这最普遍的世相入手，将那深层掩埋实质忧戚的灵魂袒露出来：“痛苦的呻吟化作美的歌唱……/额上的皱纹乃一条条血路。”从昨天到今天，这痛当歌，血染路，无数蹄印证实了生之艰难与荣辱。悲歌敲得灵魂战栗，生命的进程为什么是在喋血中前行？历史的车轮为什么是在血迹上滑来？周期率的历史不是这样吗？今天的生命是否有更多的心不负重？

开头两节诗短短八句，就从个体生命的表象欢颜实则悲苦的血歌中，用“无数蹄印证实”了这是众生态的艰难与荣辱。这一大悲悯情怀的展开，为进一步在时间的具象中啼血吟唱拉开了幕布。

梵音绕缠菩提树上的藤萝，谁是时间的使者？是佛吗?!在这个婆娑的世界，婆娑即遗憾。有伟人说过：“世界是由矛盾组成的，没有矛盾就没有世界。”既然世间有了楚河，就有了汉界。“黑暗的地狱，光明的天堂/都是灵魂安栖的地方”。显然这是哲思的明了，而重要的是诗人从不怀疑历史有光明的源头！就是这种明了世相规律，在滚滚红尘的风浪上展开一张浩大的白纸，去像醉酒的狂徒那样泼墨淋漓，体验着血色的黎明爱恋飞扬的旗帜！诗人这种精神高蹈，大有英雄主义者的豪迈气概。

身在世态之中，必有世态之相。各种生命体验的叠加，是明了后的入尘，是入尘后的明了，是在苦难血泪中的歌唱，更是对真理的探求，对命运走向的不断追问。“影子是可怖的魔鬼和陷阱/忽大忽小忽松忽紧的套绳/不同位置的灯盏不同方向的照射/挺得最正最直的身子也会影斜”。红尘中为什么有太多的正不压邪，是非的颠倒，黑白的不分，正义和良知遭害，美德和忠孝遭灭，莫须有的罪名压在大贤的头顶。历史的长河滚滚，大浪翻卷澎湃，道德和向善的力量来自何方？上天可否通过亿万人心而显示巨大的神明？私者一时，公者千古，世间自有公道，大道自在人心，许多光灿的英名，被影斜后了又被证明直正，正义的旗帜能否永远飘在历史的天空?!

小我的体验，大我的情怀，痛与思，血与泪，哭与歌一次又一次在岁月的火炉中淬炼。即使是茫茫戈壁上的海市蜃楼，也让绝望的人重新坚定地向前行走，英雄之泪艰难地抵抗着世俗风尘对纯洁之花的摧毁。沉寂的大地，无波的河流，也最渴望暴风雨的来临和雷电的怒吼。野松诗歌这刚劲的旋律合上了经典的节拍，让人联想到高尔基的《海燕》——让暴风雨来得更猛烈些吧！

风风雨雨诗者的断想成凸凹状，眼看东去流水将破译大堤么？一道闪电带来更多的漆黑——群山恐怖的灌木学会呐喊！雷声点燃江河叛逆……在人类萎缩的精神上轰鸣——幸福于猩红的睡眠中麻木，道德流浪在繁华的街头！用洗净的手高高举起诗歌的太阳——照耀灵魂搏斗如战争残酷的厮杀。正义在长夜重燃烛光，使沧桑之梦如万千羽毛。善良的鸟悲鸣着完成一次飞行，大地上刮起血红的风。野松诗歌中更多的血泪体验，让人在心痛中沉思，在心痛中怒吼，更有闪烁着的理想主义的光芒。“高举的手曾想摘下一片云朵/把她的水分献给荒芜的沙漠/可是，我看到了飘在她眼里的忧郁/唯默默将心愿倾泻为泪雨”。这种大爱的苦难情怀，这种大爱的汩汩血脉，这种大爱的忘我精神，不正是鲁迅先生“横眉冷对千夫指，俯首甘为孺子牛”的精魂在延续吗?!

“没有痛苦的呐喊只是沮丧的呻吟/快乐的欢叫来自不愿消沉之心”。在当今，物质文明的猛进与精神文明的倒退，大概已成为人们困惑的焦点。人类已走上了肆意掠夺，毁坏大地，败坏世道人心的不归路。商业扩张的触角缠住了世界。人们活在这个世上越来越感到不怎么安心！中国两个优秀的作家曾经迫切地呼喊——诗人，为什么不愤怒?！野松的这首在他

35 岁时写就的《杂思 · 无题的抒情》，就是这样愤怒了的有着精神力度和浪漫旋律的诗歌作品。

2017. 8

（沂波，原名杨玉发，中国金融作家协会会员）

灵魂的烛照、洞察与雕刻

——读野松诗集《裸袒的灵魂》

赵目珍

一直以来，新诗中对于灵魂的思考总是不绝如缕。无论是实在的冥想，还是想象的修辞，灵魂都可以在诗人那里得到某种程度的审阅。其原因大概是诗人们一直都在寻找一个能够得以诗意栖居的地方，而寻求这个居所却并非肉体的欲望，其根源仍在于使灵魂安息。应该说，在不同的诗人那里，使灵魂出场的风格是不同的，有的张扬而弥漫，有的内敛而隐匿，有的则带着思辨的格局。诗人野松在他的诗歌中大量书写对灵魂的观察，一方面将他对灵魂思考的经验隐秘地传达出来，使得诗歌在迂回前进中显得更加幽深或缓和；另一方面也凸显出了他精神世界的困惑不安，企图在生活中寻找到理想与现实的平衡。对于灵魂的这样一种显现，一定是一个有着深刻阅历的诗人才能做到。

在《生命是孤寂的》的一诗中，诗人首先表达生命的孤寂之感："生命是孤寂的，像沙漠中的一棵红柳/以孤寂对抗孤寂，以孤寂消遣孤寂。"然而其内心却是动荡不安的："白天仰望寥廓苍天成了唯一的姿势/黑夜里静听血管里的鹰鸣马嘶。”这其中的缘由无疑是“看不到情感的遗址在心之核，在不能砸开的心之核”。那么诗人所谓的“心之核”到底是什么呢？诗人在诗的结尾为我们揭示出了问题的谜底：“我一直在时间广场的边缘游走/在绝望的高处寻觅灵魂的故土。”很显然，诗人所谓的“心之核”即是“灵魂的故土”。如今的现实世界，喧嚣异常，对于灵魂的追寻应该说是每一个人都在进行的人生课题。

然而，这向着灵魂的跋涉终究不是一件容易的事，就如诗人所说：“承受着不能承受的酷刑。”不过，这向着“拯救”之门的历程在诗人看来却“倍感慰藉”。因此，在《裸袒的灵魂》中，我们就看到了这样一个看似矛盾的诗人形象，诗人一方面在为寻觅灵魂的故土而煎熬，另一方面也在煎熬中渗透出某些焦灼的“快意”。比如在《杂思，无题的抒情》一诗中，诗人一方面无助地呐喊：“悲悯的心灵，疼痛的伤口/黑暗为何能于瞬间代替了白昼/纵使燃一火把于众人之间/没有诚挚的祝愿怎会感觉温暖。”然而理性的思辨却让他认识到“灵魂”的被安放，其实也具有既矛盾又统一的一面：“黑暗的地狱，光明的天堂/都是灵魂安栖的地方。”经由这一哲思性的认知，诗人对于灵魂求索的心态便放松了，进而变得旷达和充满激情：“不需要别人的理会，我诗意的远足/风雨中让灵魂自由回归和放逐/像高山那样挺拔，昂扬生的意志/像泉水那样清冽，为爱奔流不息。”其实，在诗人的其他诗篇中，我们也能感受到诗人对于灵魂之思既矛盾又辩证的复杂关系，比如“黑夜弥漫，黑夜逍遥/黑夜在波涛上/黑夜让大地沉降，让灵魂上升”，探讨的即是黑夜与大地和灵魂的关系。不过，认真地思考一下我们便能发现，诗人的这样一种认知并不纯粹是靠情感带来的，它与诗人的精神气息有着莫大关系。从《我一直在无边的空寂中抵抗》这首诗中所言“经受死亡考验的生命远离墓穴/黑夜中燃起的火焰映照灵魂的波浪/我开始描画矗立于晨曦中的石碑/赤红的熔岩蕴藏着滚滚暖流/我吟诵的不再是泣血的诗行”，我们就能够很自然地印证这一点。

尽管野松将诗集取名为“裸袒的灵魂”，但是他对于灵魂的烛照既不“赤裸”也不直白。相反，他在对灵魂的追索中，得到了更多的人生意义。比如在面对人生的“绝境”——万丈深渊时，诗人并不绝望，而是毅然决然地选择“纵身一跳”，并且他对这一选择有着相当清醒的认识：“这绝不是悲壮的坠落和毁灭/那单薄的衣衫必被风鼓起/如鹰的翅膀，托着无哀无怨的灵魂/在无比阔大的空间，飞翔”（《我不可能给自己留条后路》）。他从中领悟到了决绝的意义。是的，诗人就是以这样激昂的姿态来应对苦难与无助的心境。我们可以将其理解为这是对生死的超然，但我想诗人更多的可能是对忧惧的消解，是在置之死地而后生之后的一种澄明显露，是激越之后的一种恬淡，是不掺杂迟疑的一种优容。另外，在这首诗中，我们还可以看到，诗人是借助飞鸟来实现灵魂的飞升的。在诗人的其他诗篇中，我们仍然能够看到“大鸟”这一意象在灵魂升腾中所起的重要作用，比如《一只大鸟再次从雪域高原起飞》：“一只大鸟再次从雪域高原/从青海湖的蓝色波涛上起飞/向着日月山东面的古长安/掠过秋水长天，翅膀闪着青铜之光/从高冈到高冈，高举灵魂之灯/不灭的恒星，照亮寒冷的黑夜/金木水火土，再铸一座英雄的纪念碑”。从写实的层面看，这是一只高原之上的大鸟。然而，从虚置的诗歌镜像看，这种大鸟却带着典型的英雄气概，是一只具有高蹈情怀的大鸟。因为它高举着“灵魂之灯”，照亮了世间一切黑暗。其实，稍微再深入一点，我们似乎也可以做这样一种猜测，那就是：这只大鸟可能也是诗人自己的一个隐喻，是一种精神象征。

或许正是基于这种对生命精神的“考量”，诗人对于灵魂的关注有时也会脱离出只审视个体自身的小我之境，从而走向了对大我的建构。对于外在的小的事物以及在灾难中失去生命的他者，野松也充满了悲悯之情。比如在《冷空气南下》一诗中，诗人这样怜惜那些被摧毁的生命：“如果幻变无常已成为正常规律/无法回避的毁灭是一种热情款待/那么，那些地上的落红和残瓣/又该如何诉说爱失落后的悲哀……”，于是在诗歌的最后，诗人发出了这样的宏愿：“气温再度回升之后，又渴盼重新下降/回归阴阳潜运，不让众多灵魂逸向天外”。再如在《瓦斯再次爆炸》一诗中，诗人由衷地发出了对逝去之生命的巨大“感慨”：“瓦斯再次爆炸，黑暗中/又熄灭了多少生命的火焰”“死者已矣，哀伤的泪成江成河 /但没有漫过那些高高的门槛”，并且还以哀景映衬出了诗人更加凄凉的心境：“在这不十分寒冷的季节，/阵阵阴风吹刮裂骨碎心的寒”。当然，这还不是主要目的，在更深一层的现实思考中，诗人其实是要通过某种对比来达到对不良社会价值取向的一种无情批判：“产值和利润，两项闪耀的光环 /蓝黑工作服里的血肉，落地的残瓣 /劳作在没有阳光的地下岩层/矿灯照不出绽放欢乐的笑脸。”一直到诗歌的最后，诗人也没有忘记对漠视美好理念的人进行鞭挞：“以人为本，吹过耳边的风/ 谁听到运尸袋里灵魂的呐喊。”应该说，对于他者灵魂的“介入”，使得诗人对于灵魂的开掘达到了一种现实主义的高境，让人感到既真实，又温暖。

不过，回归残酷的现实总是人生的不得已。当更多的不安充斥于生活的边界，当无力与无助感陡然翻腾，诗人对于“远方”的梦想便也诞生了：“大海深处的潮汐/一直涌动在我的灵魂/让我梦灭梦生的远方啊!”（《让我梦灭梦生的远方啊》）这个让人“梦灭梦生的远方”，我们可以将之看做是诗人心中暗藏的美好桃花源，但也未尝不是诗人对现实的一种规避。从《等待一盏灯》中，我们其实可以看到诗人内心深处的痛点：“一杯杯苦酒在寒夜里喝下/遥远的星河有灵魂的幻听。”不过，诗人对于灵魂的自由却又始终是执着的：“我知道，雷电一定会来，暴雨一定会降/在这不那么适宜的季节/那火焰应尽快熄灭，而不要继续燃烧/这样，内心的山峰才会更高//只有保证灵魂的自由，才会有爱的欢愉/北漠的苍茫粗犷，江南的婉约温柔/都是我的向往和迷恋/时间传递给我的不是流水的声音/苍鹰的翅膀始终高过风筝//我喜欢寂寥之外的从容/请不要向我伸出你的手/无论东南西北风，还是春夏秋冬/我的马头始终向北/那冰河一直在我的梦中。”（《那冰河一直在我的梦中》）这是一首表现诗人精神指向的诗，是诗人灵魂深处的呐喊，它既契合了诗人的高蹈情怀，也深化了诗人对灵魂自由这一文学命题的终极思考。

当然，诗人对于灵魂的许多指涉有时也比较肤浅。比如“渐轻的生命不能让灵魂失重”“岁月的风沙刮走了我灵魂的影子”“干枯的生命干旱的灵魂”、孤独“折磨我肉身之外的灵魂”“但仍渴望东方的波涛/在夜色中涌上灵魂的高原”“我的灵魂是披满阳光的鸥鸟”“她的灵魂有如太阳，有如月亮”这样的表达，虽然也多将“灵魂”的字眼置入其中，然而却并不能暗示或者衬托出一种美或崇高的境界。由于诗人在诗集中大量书写“灵魂”，时时开拓新境确实具有很高的难度。加以在这些诗歌中，诗人的各种经验都汇集其中，这也造成了对灵魂烛照的一些芜杂。不过，总体而言，诗人对于灵魂的烛照、洞察与雕刻仍是深刻的。

2017. 10. 31 于深圳

（赵目珍，男，1981 年生，山东郓城人。文学博士，副教授。曾任北京大学中文系访问学者。现任职于深圳职业技术学院人文学院。）

倾听内心深处的声音

——评野松诗集《裸袒的灵魂》

蒋 楠

野松为我们提供了一份探寻灵魂维度和深度的文本。《裸袒的灵魂》，正是其文本的价值所在。这是一种借助语言的踪迹，来觅获生存意义的方式，一种生命的自我释怀和自我敞显。诗人在此“敞显”的，便是他自己富有疼痛感的内心，一个多棱呈现的诗性灵魂。

读野松的诗，我们会发现，他的写作已自然流露出“向内转”的倾向。他的诗集《裸袒的灵魂》，完成了一次“肉体灵魂的超越与回归”，并从“疼痛之上”获取力量——这是诗人一贯所寻求并固守的文本价值取向。在这部作品集里，诗人的创作依然承袭了浪漫诗学的激情、敞亮、感性，迸溢疼痛诗学的本真、向上、超拔。其文本的精髓和幽深处蛰伏着疼痛感，而疼痛感深广的“外延”，都与广阔复杂的社会层面织缠在一起，体现出“多维人性”。

赋予诗歌文本以疼痛感，是野松一直遵循的头号兵法与圭臬。缺乏疼痛感的诗人绝对是只会码字的手艺人，放弃疼痛感的诗人只能是时代画屏上的流萤。从本质上说，“疼痛感”以其极端的样态濡染了野松的精神体验，其文本旨趣在于无遮无挡地呈现“自我”的灵魂疆域：在造境空间中踱步，从生命律动到精神栖居。诗人一方面在灵魂上寻求超脱现世生存状态和突破生存藩篱的境界，另一方面又在精神上对生命本原和意义进行追索，在自己心路历程上构建令人神往的“真值函项”。诗人倾听内在的声音，与灵魂深度攀谈，在横跨现实际遇的向度上，诉诸本性生活。这种本性生活，即是他生活在自我建构的精神空间之中“诗意地栖居”。这也是诗人营筑的精神领地——欲挣脱现实的磨砺和束缚，必然转而冀望“家园”的一种诗学维度。借此诱引他达成心灵空间的坦然与安适、自在与自足。

心理及其意义表达，是决然不能貌合神离的，其朝夕相伴的现象学“呈现”，只是一种多向度的符意关联及其“意谓”效果。就这个“效果”来说，野松的创作，已然回归一种自省的心理状态。在诗人笔下，灵与肉的合一所带来的平衡与和睦，灵与肉的疏离与隔膜所带来的苦痛与煎熬，还可以放在这个瞬态万变的社会秩序所带来的伦理认知、情感认知、身体认知的变化层面上来辨识。

在存在中歌唱
喑哑的咽喉输出厌倦的气息
无止境的攀爬和仰望
实为生命的冒险，灵魂的自我束缚
无法让梦想脱离预设的轨道
也无法让梦想在梦想中
倾听大地急切的呼唤

远方的长袖，又如何能掠过天空
送来散发着夜来香的温存
让心灵在混沌中兴奋一会儿，兴奋一会儿
但在这寒冷的黑夜，水已无波无浪
只有内心的眼睛能看到那临水的草屋茅舍
静静地等待光芒，等待一种激情的燃烧

如果真的不能诗意地栖居
那就让我在红尘中隐遁吧
让我负荷一物，吸着地气低低飞翔
而不再在高处泣血歌吟

——《如果真的不能诗意地栖居》

在这个时代，诗人必须把笔触插入更普遍的人性存在维度和伦理维度，在肉身感官一次性交易中，索取本源与归宿。在诗歌的直观和肉身时代，诗人与时代耳语的样态亦有多种，描摹个体的人生际遇、直刺现实时弊，固然是紧握着正常的生命度，但在过度诠释终极价值、终极目的之当下，诗人对自我灵魂的裸袒，对生命内在世界的理智涌现，也在另一个维度上实现了担当。

让生命远离吧
如果获得的是碎裂
时光花园里已没有了幽魂
暗处尽是凋落的花瓣

那里正暴雨。光芒的声音飘向天涯了
那一只只鸽子，掠过天空的翅膀
折断在滔滔的洪水

死亡的信息撞击着声呐器
柔和的《梁祝》。哀伤的《梁祝》
飞快的车子播放的小提琴曲
黑色的蝴蝶在前面扑舞
变形的道路伸向何方
是我的梦，还是我的天堂

如果我已在高处，或仍在深渊
我已不再请求原谅或者宽恕
这里也正暴雨，晴天里的暴雨

主啊！你说，放开些吧
世上没有金字塔，但有废墟

与其说这首《有题，或者无题》，是对疼痛感的咏叹，不如说是对渊薮的“原谅或者宽恕”。拔立于废墟上的现代生活，本身就是碎裂的。碎裂是现代生活的特征和属性，我们已经进入了碎片化生存的氛围之中。当现实不能有效慰藉诗人的心头之痛，灵魂之惑的时候，他就会不自觉地皈依文字并从中寻找救赎。诗歌有可能为他开启另一条人生甬道，使他获得精神的飞升和心灵的安稳。

其实人的俗世生活乃是一种幻象，在这个幻象中，我们规避了命运的多重性和飘忽性，以有意义的方式存在着。而突如其来的“碎裂感”会遮掩这个幻象，使人把控不住在俗常幻象中建立的意义感，因此会迫使诗人重新来觅求生存的意义。觅求的方式可归纳为两种：第一种是“以孤寂对抗孤寂，以孤寂消遣孤寂”（《生命是孤寂的》）；第二种是“痛苦的呻吟化作美的歌唱/一展哑喉沉重的灵魂飘荡”（《杂思，无题的抒情》）。前者的方式是放任自流，后者的方式是防微杜渐。

碎片化的时间，渗透在俗世生活的每一个细胞，遍布人间生活每一个细小的旮旯与角落。为此，诗人亦把碎片化的生活融入了自己的诗作。

风雨之后，天空突然断裂
一只大鸟从裂缝中飞升
泄漏的阳光扫过阴暗的角落
翅膀的影子晃动昨天的梦

所有回过来的头颅
并不都是为了回忆
时间，一头青丝变白发
谁怀念洞穿岩层的流水

褪尽铅华的面容
镜子背后的灵魂
一切向往都曾经青绿
潮涨潮落，滚滚红尘！

不说命运，不说沧桑
燃烧的火焰在大海之上
——《风雨之后，天空突然断裂》

浪漫主义的灵光突闪，让位于生活的艰涩、苦难、挫折和坎坷，抒情的语境之后，是一阙欲说还休的挽歌。诗中的隐喻——“断裂”和“火焰”，具体的事物——“风雨”和“天空”，以及物象之间的运动具有一种同构关系。换言之，意象本身的运动或者“转渡”，并不是以意义的表达为目的。意象的转渡本身就已经生成了诗意的创造，而不是为了表达一个目标而进行的文本游戏。

时间难以疗治的内伤
请不要触摸
已没有黄金稻束的田地
北风毫无顾忌地向深处吹去
让你一直无法寻找到
那幽灵般的医生

霜降南方，雪落北方
红尘远遁也不见清清的流水
我拾级而上仍在深渊的底部
没有气喘吁吁，却听到
从身体内部发出的阵阵尖叫
——这，绝不是空寂的回音
——《时间难以疗治的内伤》

面对被撕裂的现实生活场景，诗人一直试图在诗中寻找一种身体与社会、诗意与诗艺的多重疗治：“在自己的体内生一堆火”，“在梦的栅栏外寻找阳光”《南方，倒春寒》，并冀望“种植的雪莲，可医治我的沉疴”《距离美已经消失了》。在现代性笼罩下，一切看似平衡的物体在其产生过程都必定是不平衡、甚至倾斜着的。因此，诗人的这种弥补，并非直接僭越现实生活里某种特定状态、情态、物态和事态的唯一一个支撑点，而是一种在诗的语言形式中平衡已失衡的社会力量、抵抗权力的重力吸引和带有一种天问性质、重塑现实与精神秩序的方式，是一种诗的疗治。无论是在尘世的受难面前，还是在诗的语言困境面前，这种诗的疗治又往往是通过灵魂的指引来实现的。“生命等于损失，而死亡等于利润”——在贯穿生死、勾连梦境与现实的创作中，诗人得以超越死亡的终极苦痛，将存在之思置于挽诗的灵光之下，在诗中实现了安魂曲般的自我抚慰。

内心情绪的波动是难以打捞的，在野松的诗中却都变成了可感的织体。诗人把自己的理智与情感翻译成现实的“和声”，意识、思想、联想在其字里行间自由游弋。也就是说，诗人的灵思来源于他自我内部的未知地界，当理智与来自未知领域的冲动一见倾情，就孕育了诗。为此，诗人在处理具体的事态、物态、状态、情态以及各种叙事性的现代场景时，既质实饱满，又抽象多汁：

脚下是薄薄的冰，细细的钢丝
还有许多形象不一的陷阱

但我仍以我的胸膛去贴近泥土
去聆听大地的心音
去拆解一个个沾满尘埃和锈迹的绳结
让自己的目光延伸成道路

尽管常在风口浪尖
尽管常看着时间在夜里流走
疲惫的脊骨依然挺直
有苦口婆心的解说
也有拍案而起的怒斥
只为阳光能照到
每一个曾被遮挡的角落

面对那些微弱的身躯
我总是不自觉地低下头来
并伸出温热的手去牵握，去扶持
我知道，我与他们
都生自同一根藤，血一样的红

——《我仍以我的胸膛去贴近泥土》

这首诗中“胸膛”与“贴近”，应该超越“自我”与“他者”区隔和在此基础上分别展开的主体建构。由此，拥有“生命感发状态”和“感发力量”这双“温热的手”，抢在“言语模式”完全固定、成型之前，跃迁为“那些微弱身躯”的外化形式，突变为诗人个体的外部造型，并且在“低下头来”“去牵握，去扶持”的过程中，为本性和内心下了一个形象化、动态化，但最终是声音化的“转语”，从而有效地将诗人的内心境界诗性地呈现。

相比诗集的另外两个专辑，诗集第一辑《裸袒的灵魂》更为练达、开拔、精警、阔深，更为内在地显示出诗人的锋锐与深刻。低调与昂扬，孤独与洁净，沉雄与悲壮，组合成疼痛与诗学的灵魂变奏。诗人放任灵魂去自由摆渡，多维度地对人生和生命的主题进行了体悟和认领，与精神性的追问相呼应，构成了本辑诗作立体性的诗学结构。

直面灵魂的写作，是一个跟自己深度交合的过程。当中包含了自我厘清、沉淀、辨认、自省、开解、自我疗治与自我康复，甚至超越世俗层面的滋生与创化，含蕴了启悟、冥思与心灵转归。

每个诗人灵魂深处都有个“声音”，无论是否听得见，这个声音都在那里，随时期盼着诗人的收纳，给其暗示、催眠、激励、痊愈，以及无条件的宠幸。《裸袒的灵魂》就是关于野松如何被这个声音勾搭，并笑纳它想馈赠给他的一切。

有许多方式可以撮合我们和内心的声音，像“有情郎”和“有意妹”那样有意邂逅，那野松为何要选择诗歌文本呢？世间本身充满着缺憾、烦恼和纠缠。诗人在“罪孽的边缘/开启新的命运之门”（《有目的的爱》），就是要告诉我们：在时间就是金钱的势利时代，选择灵魂写作，是因为它是能够引领我们返璞归真，直接“倾听自己内心声音”的一种捷径。

在灵魂深处最痛的地方，诗人深藏着一个隐秘的内核。野松的诗思时而率真朴质，时而徜徉恣肆，时而顿挫沉郁，时而疏狂佻达，但字里行间总透着一种灵魂步入自由之境时才能达到的自如挥洒。灵魂的张扬，使得文字才能张扬，内在力量溢于纸上。这种文字间的阔度，是控制的力度，是精神的向度。

“只有保证灵魂的自由，才会有爱的欢愉”（《那冰河一直在我的梦中》），由是，文本不再是表白诗人灵魂的工具，它就是灵魂本身。一般来说，医生研究人的身体，诗人关注人的灵魂。灵魂虽然不是身体，然却附着于身体。也就是说，灵魂不能与身体疏离，一旦离开身体，灵魂也就驱散了元神。由此而言，野松既关注人的身体，又能直面自己的灵魂。在疼痛感驱动下，诗人选择一种冷峻与激情交融的诗歌姿态。在野松的诗中，“孤独”和“穷途”所激发的不是“猫哭耗子”的泪水，而是艺术形式的隐逸之思、孤高志节的幽独之情。

激情是出于灵魂中非理性部分的冲动，要保证灵魂的自由和爱的欢愉，就要关注情感是否处于理性的掌心之上。究其然，在文本中延伸的自由与欢愉，已经不是诗人个人的事情，它已经成为一种隐喻或象征，表达着我们共同的一些情感，为我们提供各自的境与灯。贴近灵魂的写作，是为了更真实地发现。这发现肯定得用疼痛作代价——疼痛感造就了特定时代诗人执着的求生意志、坚韧的生存本能和经得起淬炼与考验的至善情感。诚然，无论疼痛感是来自灵魂还是肉体，它都不可能真的被直观。即便是它只存在于肉体，它传递给我们的信息也从不浮于表面，甚至不在腠理，而在脏腑。更直截了当地说，生命即生活，其中心的关联是体验。体验是有限生命对生活的反哺，以有限的生命投入无限的生活，需要的是延展，而不是永无休止的攀缘。而诗是使生命的意义呈现出来的绝对媒介，生命通过诗的活动而达到自身的澄澈感。

诗人的特殊使命是成为大地的转换者。任何一个时代都有格外强劲的地心引力，她在迫使诗人委身于她。当万物的活动在诗人身上成为诗的追问，他必须把自己诗化为土地的情人。而诗歌文本作为一种倾诉手段，一旦寻找到通往灵魂出口的关隘，必然会反映出这种迁徙、放逐以至生存发展的种种人生经验和精神诉求：

天边的彤云，未灭的火
梦幻在梦幻的高处
那河不是河，湖不是湖
被灼痛的时间渐暮

这辽阔的大漠
就在草原的中心
倦倦的目光，痴痴地
寻索那馨柔的声音

火车一路向西，向西
天堂已在我渐合的眼帘
但仍渴望东方的波涛
在夜色中涌上灵魂的高原

读这首《梦幻在梦幻的高处》，野松式的语法就已经浮现了。他不是一位灵感源源不竭的诗人，相反的，其诗意开始趋向凌空高蹈地抒发。他在这里用的素材都与“大地”相关联，创作动机很简单，但诗人懂得如何抓紧同一个动机，不断伸延、囤积、吐纳，把“馨柔的声音”扩展成“灵魂的高原”。

而真实与夸张之间，如何掌控自如？在第二辑《大地行吟》里，诗人释放出灵魂深处的声音，有极佳的均衡感，在放大的形体中展现真实。诗歌文本不仅是词语和句式，还是声音。诗人借助语词把直接的感觉经验转换成有声的文字，野松的行吟诗，既不像传统山水诗那般追求韵味和感性美，大体上偏向直白和真实，但同时又有一些醇厚感，音色宽松大气，凸显情景相生、物我浑然、思与境偕的文本之美。对“内心的独唱”，诗人也表达得非常全面，没有明显的偏向性。“让心肺拼命吸纳清新的负离子/吐出不应存于肉体与灵魂的浊气”（《宜兴竹海》）；“春天，是去程，也是归程/我们背负的不仅是行囊”（《春天，南方的高铁上》）这样一种植根于泥土的朴素观念，这样一种出自于谷物的透彻念想，则在暗中培植了诗人笔下字词丰沛的语感。

诗人裸袒灵魂的目的，是要让内在的声音传递他精神所需的引导，向大地敞开自己的怀抱，以寻觅自己原本单独而完整的生命原色。野松深刻地意识到，仅仅依靠对物事、情形、场景、人心进行直观剖解，尚不足以揭示现代经验的复杂性、含混性、晦涩性和不透明性。其实，除生理学意义的病痛外，人们大部分的疼痛感都是来自头脑的假想敌，它们并不真正存在于此时此地，对当下的生命并不会直接发生纠葛。但诗人总是背负了太多不必要的辎重，那就是为什么诗人看上去总是一副面色凝重，却又踏着舒缓步履，沉吟在那大地山川之间，吐纳灵匀之气的样态。这是一个诗人思想生涯的一种必要而且必然的状态，既是个“真实的情境”，又是个“隐喻的情境”。而其冷静而狂热的情愫，往往更具穿透力。

诗人为了捍护内心里的一方净土，哪怕带有梦幻色彩，选择了自我放逐的心路，独自徜徉或深情吟诵于个人与环境、自我心灵与外在秩序竞相奔突的模糊地带，构成一个富有张力的诗性空间。这个空间也为其提供了更多的表达向度和多层面的切入视域，熨染并影响着其作品的内在品质及发展流向。

在特定的现实语境中，将身体和心灵的飘零，与词语相互依偎，在彼此互动中共命运同呼吸。当这些被诗人界定的词语几经辗转，自有强劲的能力和精、气、神，去把握、捕捞和对付现代经验，其所显山露水的生命图景和精神镜像，似乎就是一种有旨趣的“自我放逐”。而这种“自我放逐”，意味着一种充沛的感觉，一种直截了当的灵魂反应，决定了一串词语的丰腴体态和用之不竭的生命，也决定了一个人、一首诗的品性。

当静谧的大地映衬出诗人的孤寂时，无边的空阔带来了宁静，也平添了一份走向灵尘化形，巴适安逸的心性。诗集的第三辑《请葬我于你的心谷》，诗人听从内在灵智的指引，释放痛苦、烦闷、无奈或各种莫名的情绪，与现实生活中的自己达致和解，让身体接受内心的驱遣与提调，在这滚滚红尘中圈定一方或有形、或无形的净土，用一种幻美来安放自己的灵魂，进而走向生命的博爱与承担之境。

2017. 11. 3

（蒋楠，中国作家协会会员，疼痛诗学的主要创建者和推动者）

后记

1984年春天，我以笔名“振华”在《羊城晚报》发表了处女诗作《“穷且益坚，不坠青云之志”》。自此，我与诗歌结下了不解之缘。30多年来，我爱诗读诗写诗评诗，一路走来，痴情不改。尽管曾因工作原因，有一段时间与她有点疏远，写作少了些，但依然放舍不下对她的迷恋，正如我在一首诗《给我的所爱》中所咏唱的：“也许，我的风流倜傥，狂傲不羁/已经收敛，但不变的依然是/对你痴痴凝视的眼神/依然是，把你高举至我的头顶/让我抒情的嘴唇亲吻你洁白的衣裙/让你旋舞的光芒在黑夜中/烛照我此生难以言说的命运……”

这部诗集已是我的第四部诗集了。此集收入的作品，主要是我2004年8月以来写的“裸裸的灵魂”类的诗歌，并收录了少部分近来写作的“大地行吟”类诗歌和一些爱情诗。我想用这部诗集与昨天告别，将之放在我人生的半途，然后，再义无反顾地前行。也许，我今后诗歌写作的激情将会随着年龄的增长而逐渐减退，但我将会更多的走进古今中外优秀诗人的诗歌精神世界，并更多地沉潜于生活，反复地用诗思去丈量，去耕耘只属于我自己灵魂的一亩三分地，然后去尝试去挑战另一种全新的难度写作。

诗歌让我心怀感恩。因为诗歌写作和诗歌评论写作，让我认识了很多良师益友。于此，十分感谢一直以来关心我诗歌写作的著名诗人、诗歌评论家朱子庆老师。朱子庆老师在 2004 年 10 月，已为我的第二部诗集《歌唱和自白》作序，今他又在繁忙的文艺创作与活动中再次为拙著作序。感谢诗人、作家沂波为拙诗《杂思，无题的抒情》写了一篇充满激情的评论，感谢诗人、诗歌评论家、中国古典文学博士、深圳职业技术学院副教授赵目珍，感谢诗人、诗歌评论家、蒋楠为拙诗集所写的或褒扬鼓励有加，或深刻阐述疼痛诗学与灵魂写作的评论。感谢著名诗人、小说家黄金明，著名旅日诗人、文学博士、翻译家田原，曾多次编发我诗歌作品的著名诗人、《芙蓉锦江》诗刊主编杨然，诗人兼评论家林馥娜，诗人雷火等，为拙著所写的不无过誉的推荐语。最令我感动、感铭和感恩的是著名诗人、诗歌评论家、中国作协诗歌委员会委员、羊城报业传媒集团有限公司副总经理温远辉老师，在几乎衣不解带服护患疾住院的老母亲的劳累中，仍坚持阅读拙著并写下热情洋溢的推荐语。感谢《星星》诗刊副主编李自国老师将拙诗集列入“星星诗文库”，并为正式出版所付出的辛劳。

大地上充满着人类的劳绩。且让我继续诗意地栖居。

2017. 11. 5